SHANGHAI LITERATURE & ART PUBLISHING GROUP

故事会

精品系列

故事会®

纪实故事

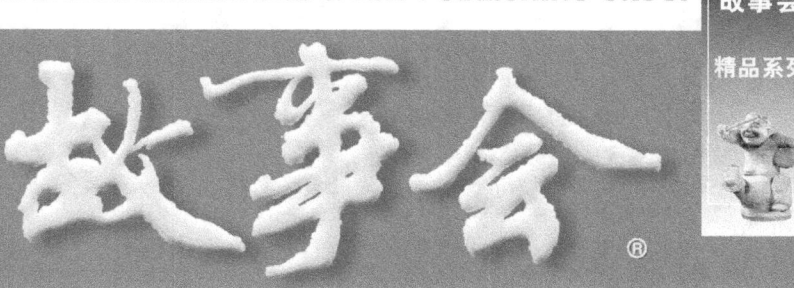

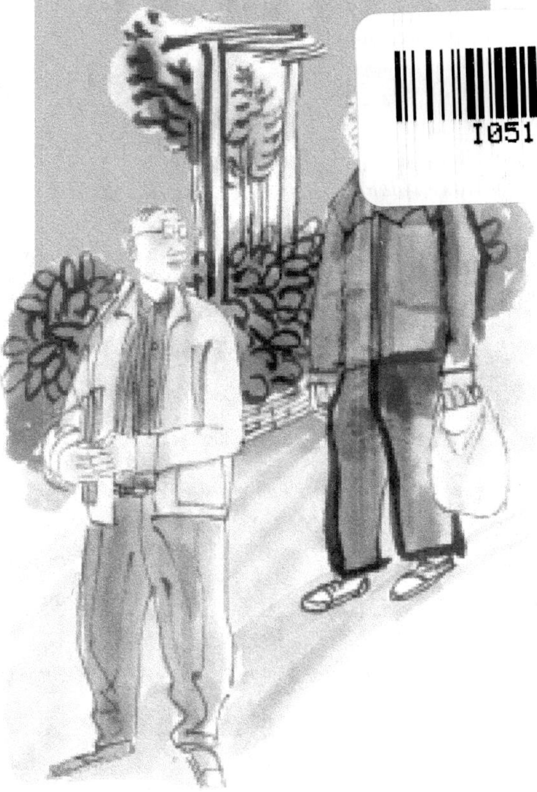

上海锦绣文章出版社
上海故事会文化传媒有限公司

上海文艺出版（集团）有限公司

图书在版编目(CIP)数据

纪实故事 《故事会》编辑部编 - 上海：上海锦绣文章出版社
（故事会精品系列） ISBN 978-7-5452-1074-3
Ⅰ．①纪...Ⅱ．①故...Ⅲ．①故事 作品集 中国 当代 Ⅳ.I247.8
中国版本图书馆 CIP 数据核字 (2012) 第 051234 号

丛 书 名：故事会精品系列

书 　 名：纪实故事

主 　 编：何承伟

编 　 委：何承伟　吴　伦　姚自豪　夏一鸣

责任编辑：刘迎曦　鲍　放

装帧设计：王　伟

责任督印：张　凯

出 　 　 版：上海锦绣文章出版社

　 　 　 　 　上海故事会文化传媒有限公司

POD 海外发行：中国图书进出口上海公司

　 　 　 　 　电话：021-36357888

　 　 　 　 　传真：021-36357896

　 　 　 　 　地址：上海市虹口区广中路 88 号

　 　 　 　 　邮编：200083

海外 POD 发行版本　　　　　　　　　**版权所有·不准翻印**

目　录

警世档案

探索真相

写实人生

透 视 人 性

人性深不可测，充满矛盾，善与恶同时存在于人心之中。借你一双慧眼，让你透视这复杂的人性。

虫棒虎鸡

小王评职称需要在报刊上发篇文章，于是他这天一上班就去晚报社，找曾有过一面之交的编辑部主任赵友友。

赵主任明白了小王的来意后，直截了当地说："发文章的事可以考虑，不过我也有点事情要你帮忙。我儿子中考没考好，按条件进不了一中，你是领导身边的人，能否帮我想想办法，照顾照顾？"

眼看离评职称的申报期限没几天了，小王只好硬着头皮说："你帮我发稿，我找领导往下说说，估计应该没大问题。"小王嘴上这么说，可他心里清楚，这种事情其实不能去找领导，只能打着领导的幌子去下面试试。

可赵主任听小王这么一说，便以为事情已经成了六七分，立刻接口道:"那咱们就一言为定啦!"

从赵主任那里出来,小王觉得事不宜迟,就立刻赶到一中,找到负责招生的钱副校长,自报身份后直入主题说:"钱校长,我外甥想上一中,考分和你们学校的录取分数线只差5分,不知道钱校长能不能帮忙想想办法?"

既然小王是领导身边的人,钱副校长也不想得罪,可嘴上还是要说些硬话软说的套话:"按说领导来打招呼,我们应该照顾,可录取分数线是集体定的,我本人无权更改啊!"

小王赶紧赔上笑脸:"钱校长,无论如何你给想想办法吧,日后你有事情找到我,我也一定帮忙。"

钱副校长一听小王这话就笑了起来:"呵呵,那……我现在就想弄个二胎指标,你能办?"

小王豁出去了,硬着头皮说:"只要你答应我外甥入学,这个二胎指标的事,我让领导往下说说,估计应该没大问题。"

"当真?"钱副校长似乎有些惊喜,当即点点头,算是答应了小王的要求。

于是从一中出来,小王直奔计生局。

小王和计生局孙局长打过几次交道,所以也不兜圈子了,见面就开门见山说:"孙局长,我兄弟想弄个二胎指标,你看咋办?"

孙局长随手扔给小王一支烟,说:"老弟,你要是让我请吃饭,我二话没有,可要说这事,你也知道,不好办呀!"

小王听出孙局长话里有话,忙说:"你有什么事,能办的、不能办的,我都给你办!"

孙局长瞟了小王一眼,说:"我儿子结婚不够年龄,你能去派出所里找人给他改个年龄吗?"

小王心想:只要不让我杀人,我什么都先应着。于是一脸诚恳地说:"只要你给我办成二胎指标,你的事我找领导往下说说,估计应该没大问题。"

就这样，小王从计生局出来后，又马不停蹄地赶到派出所。

他走进李副所长的办公室，寒暄几句后立刻进入正题："所长大人，我侄子今年要结婚，可年龄不够，你想办法给变通一下吧？"

李副所长眉头紧皱："小王啊，不是我不想帮忙，这改年龄可不是闹着玩呐。"

小王赔笑说："什么事能难倒你啊，就是万一有个什么事你没工夫亲自去办的，和我说一声就行了。"

李副所长一听小王这话觉得很受用，就笑着说："最近在评职称，我想在报刊上发点文章。我知道，你写文章肯定没问题，可这发出来的事儿，你能办成吗？"

一听这话，小王激动得心都要从胸膛里跳出来了，高兴地一拍胸脯说："没问题！所长大人，你开证明吧，发文章的事我包了。"

李副所长不含糊，马上就把改年龄的证明开给了小王。

小王回到计生局孙局长那里，把证明"啪"地往他办公桌上一放，说："你的事我办妥了，我的事怎么样？"

孙局长一愣，登时就面露喜色，佩服道："你小子办事真有效率，领导身边的人就是不一样啊！好，我马上叫人给你拿二胎指标申请表。"

从计生局出来，小王又转回一中找钱副校长，这回小王口气硬多了："校长大人，二胎指标申请表我给你拿来了，章已经盖好。你看，咱外甥上学的事……"

没等小王说完，钱副校长就把话接了过去："没问题，没问题，我这就给你写咱外甥的入学通知书。"

上午11点半，小王兴奋地闯进赵主任的办公室，掏出入学通知书朝他眼前一晃，说："看，这是啥？"

赵主任简直不敢相信，就半天工夫，小王就办成了这么难办的事？

　　小王卖关子说："咱们可是有言在先，你的事我给你办妥了，现在不但我的文章要发，我朋友的文章也要发，而且你负责写，署他的名字。"

　　赵主任高兴地说："没问题！你给个题目，我来写，发几篇，啥时候发，你说了算。现在快十二点了，走，我请客，咱俩喝一杯去……"

　　在晚报社对面的酒店里，赵主任与小王开怀畅饮。旁边桌上，有人正在行酒令："虫蛀棒，棒打虎，虎吃鸡，鸡吃虫！"行令声一阵高过一阵……

（李燕翔）

（题图：李　加）

这张欠条不算数

　　老耿是个民警,两个多月前他在一个迪厅抓嫖娼时,有个小子很嚣张,老耿给了他两巴掌,谁知这小子的老子是个当官的,结果人家一开口,老耿就被下了岗。

　　闲着也是闲着,这天,老耿骑自行车到郊外一个葡萄园去买葡萄,其实,买葡萄是假,散心是真。老耿出了市区,拐上一条黄泥小道,骑出不远,身边喇叭一响,一个声音喊道:"哟呵,这不是咱们的老耿同志嘛!"

　　老耿一瞅,是个大胖子,开一辆崭新的摩托车,有些面熟。再一想,他不就是三年前被自己抓了的那个犯了贪污罪的工商局张主任吗?

　　老耿看一眼张胖子,没搭话。

　　张胖子放慢速度，跟老耿并排开着，皮笑肉不笑地说："听说你被下了岗？唉，你这种人怎么会被下岗的呢？"

　　张胖子这话正戳到老耿的痛处，老耿脸上不由一热，心里很不是滋味，他明知张胖子这是在嘲讽挖苦自己，可也无话可说。

　　张胖子继续得意地说："我呀，从牢里出来后局里是去不成了，就自己开了个洗衣粉厂。嘿嘿，老天爷保佑，生意做得还算不错。对了，现在厂里正缺个看大门的，老耿哇，像你这年纪，出去找工作也没戏了，不如就凑合着上我那去干吧？"

　　老耿看着他这副"风光不减当年"的得意样儿，真恨不得一个耳光扇上去。"不必了！"他冷冷地回道。

　　"哈哈哈！我说……哎哟！"张胖子只顾得意了，没留意车到这里路面正好有一块砖头，摩托车辗在砖头上，车朝路边一滑，"哗啦"一声，他连人带车就摔进了路边的沟里。

　　老耿吓一跳，忙刹住自行车下来，跳进沟里一看，只见张胖子上半身露在外面，下半身被摩托车压着，右腿上"咕嘟咕嘟"地直往外涌血。

　　张胖子刚刚还是那么不可一世，这会儿就完全没了神采，脸色苍白，有气无力地哀求老耿说："求求你，老耿，救我一命！我……我给你钱！"

　　老耿正弯腰要去掀压在张胖子身上的摩托车，听他这么说，就直起身子问他："你这条命值多少钱？"

　　张胖子一边呻吟，一边哼哼："我出一万块，只要……只要你救我，求求你了！"

　　老耿冷冷嘲讽道："你这条命原来只值一万块呀？"

　　张胖子连忙喊起来："我知道少了，是少了！我出三万！不不不，五万！我给你五万！"

　　张胖子"五万"刚落音，老耿猛一声吼，就把摩托车从张胖子身上掀了起来。

张胖子喘着气，讨好道："老耿，你可真是人民的好警察呀！"

老耿朝他眼一瞪："我下岗了！"

"你……你，我刚才的话你……你别介意！"张胖子忍着剧痛，想给老耿赔个笑，可他又实在笑不出来。

老耿从张胖子衣服上撕下一片衣襟，为他包扎他腿上的伤口，一边包扎一边说："你是不是以为只要花钱，就什么事情都能办成？"

张胖子脱口道："那还用说！"随即又拍拍老耿肩膀说，"老耿，我也知道，你这次不宰我一刀是不可能的。这样吧，我索性把话挑明了，我出十万，你好事做到底，现在把我送医院去。"

老耿听张胖子这么说，不由眉头一皱，手也下了力，把张胖子痛得直咧嘴。

老耿瞅张胖子一眼："你身上带那么多现钱？"

"这个……"张胖子傻眼了，因为他现在身上只有几百块钱。但张胖子毕竟头脑活络，拍着胸脯对老耿说，"这样吧，空口承诺你也不会相信，我打一张十万块的借条给你，怎么样？"

老耿立刻点头说："好！"

老耿从张胖子包里找出纸和笔，张胖子于是就哆嗦着手写道：我欠警察耿天鸣十万块人民币！不但在后面签上自己的名字，而且不等老耿开口，他就用手指沾了一下伤口上的血，摁了一个指印。

张胖子是多精明的一个家伙，要从他口袋里拿钱哪有那么容易？他本来没想写这个借条，他想等过路人来救自己。可转念一想：这里是条小路呀，本来过路的就少，加上现在的人尽想躲着事儿走，而自己这腿可耽误不得，万一失血过多，再来个感染什么的，那可就麻烦了。想来想去，他决定不如先打个十万块的欠条给老耿，渡过眼前难关再说。

果然，老耿收起欠条，把张胖子抱上自行车后座，然后跳上车就飞速朝市区骑去。幸运的是,上了大路后没多久,就有一辆出租车急驶而来,老耿急忙将它拦住,把张胖子抱了上去。

坐到出租车上,张胖子一颗心算是放下了一大半,于是他人还没到医院,心里就开始懊悔起刚才给老耿开借条的事来:哼,十万块哪,这钱也让姓耿的赚得太容易了吧?现在怎么办呢?不给钱吧,欠条可在老耿手里,白纸黑字加上红手印,想赖也不是那么容易的……

张胖子脑子里正这么七转八转着,医院到了,他一瞥眼,计程表上显示车费十块。老耿也没跟张胖子啰唆,把钱付了,然后两手一伸,就把张胖子抱下车,直接去了急诊室。

医生检查下来,说张胖子这右腿是腿骨骨折,需要立即手术。此时,张胖子的手机已经被摔烂了,所以临上手术台前,他给了老耿一张名片,让老耿赶紧打电话通知他家里。可刚被推进手术室,张胖子忽然又暗叫一声"不好"。为啥?他想到如果老耿按着名片上的地址找到他家,先亮出那张欠条的话,那十万块钱不就马上流走了?糟糕!张胖子连急带疼,"嗷"一声竟急昏了过去。

再说老耿,坐在手术室外面的长凳上,手里拿着张胖子的名片和他打下的那张欠条,皱着眉,抽着烟。等一根烟抽完,他把烟头往地上一扔,用皮鞋踩灭,然后就大步走出了医院。

按着名片上的地址,老耿找到了张胖子的家,张胖子老婆正在睡午觉呢,老耿把欠条递给她,说:"张胖子欠我的钱,这是欠条。"

张胖子老婆一看,说:"不错,是我老公的笔迹,你现在就要钱?"

老耿点点头:"是的!"

张胖子老婆疑惑地看看老耿,犹豫了一下,说:"那好,你等着。"她回进屋去,很快就出来把钱递给老耿。

"张胖子现在在第一人民医院。"老耿扔下这句话后,拿着钱转身就走。

"真是个怪人!"张胖子老婆看着老耿的背影嘀咕了一句,随后就赶去医院。

老婆到医院时,张胖子已经从手术室里出来了。医生对张胖子老婆说,张胖子腿上的伤口已经处理好了,身体其他地方并无大碍。

医生走后,张胖子第一句话就焦急地问:"有个衣服土得掉渣的瘦老头来找过你吗?"

"来过啊,就是他告诉我说你在这里的呀!"老婆说,"他还拿着你的欠条问我要钱来着。"

张胖子心急火燎地问:"钱呢? 你给他了?"

老婆痛快地说:"给了! 你的字我哪认不出来,就赶紧帮你还了。"

"我的天啊!"张胖子两眼一黑,气得差点晕倒,嘴里立刻大骂起来,"什么狗屁警察,都是他妈的假正经! 哼,还不是一样的货色,死要钱……"

老婆见张胖子这么生气,不解地问:"你咋啦? 什么死要钱,不就是十块钱的事嘛,有什么大惊小怪的?"

张胖子愣住了:"什么? 十块钱?"

"是呀,欠条还在呢,我又不会看错的!"老婆说着,把那张欠条从口袋里掏出来,给张胖子看。

张胖子接过一看,没错,就是自己写的那张带血的欠条,只是在"十"字后面有一个香烟烫过的焦黄的疤痕,刚好烧去了那个"万"字。再一看,欠条头上多了两个字:车钱。

(芦宏伟)

(题图:安玉民)

王爷爷来了

　　老王是局里看大门的，工作几十年来别说生病，连头疼脑热都没有过。可是这两天，他却住进了医院，而且还病得不轻。

　　病因得从老王接孙子那天说起。

　　那是上个礼拜五的下午，老王到局里办的幼儿园去接孙子。老王的孙子叫小虎，长得虎头虎脑，是老王两口子的宝贝疙瘩，这天还没到下班时间呢，老王就请了假，急急地往幼儿园赶。

　　走到离幼儿园还有十来米的地方，他突然听到一阵熟悉的哭声，抬头一看，嗨，那哭着的孩子不正是自己孙子小虎吗？旁边一个小胖孩，比小虎高出半个头，正抡着拳头往小虎身上捅。老王心疼啊，猛一声断喝："住手！"

　　虽然老王的喊声震耳欲聋，可那小胖孩却好像没听到一样，反而把拳头举得更高。老王于是急步上前，一把拉住小胖孩吼道："小家伙，为什么打人？"

小胖孩瞅了老王一眼，鼻子一哼，说："死老头子，谁要你多管闲事？你再喊，我就连你一起打！"说着，果真"啪"抬腿朝老王身上踢了一脚。

老王生气啊，哪里见过这样的孩子？一气之下，抬手就给了小胖孩一记耳光。

要说耳光，其实老王并没有用劲，只不过是想吓吓这个缺少教养的孩子而已。可小胖孩却吓得跌坐在了地上，那张小胖脸刹那间愣住了，他惊恐地看着老王，嘴角哆嗦着，憋了好一阵，终于"哇"一声哭了起来。

就在这个时候，一个胖老太太赶了过来，不由分说对着老王张嘴就是一顿臭骂。

老王分辩说："是他先打我孙子的呀！"

胖老太根本不听老王辩白，瞪眼甩下一句话："敢欺负我孙子，你走着瞧！"说罢，牵了小胖孩就走。

老王怔怔地站在那里，突然预感有些不妙，赶紧问小虎："他是谁家的孩子？"

小虎揉着被打痛的胳膊说："他老说他爷爷是局长。"

"局长？他……他姓什么？"

"姓吴，我们同学都叫他吴胖子。"

"啊？原来他是吴局长的孙子哇！"老王顿时感到脑袋像要炸开一样，心里暗暗叫苦：这吴局长平日里态度严肃，整天板着张脸，本来就是个不怒自威的人，他要知道宝贝孙子被他老王打了，那还不大发雷霆？即使表面上不动声色，暗地里也会给自己小鞋穿，到时候自己可怎么办？再说，这又是局里办的幼儿园，只要吴局长一声令下，那幼儿园老师还不是俯首帖耳？要是把小鞋再穿到孙子脚上，孙子不就跟着吃苦头了？

双休日过后，星期一早上，老王上班时在大门口看到吴局长进来，心头禁不住"扑腾扑腾"跳个不停，虽说吴局长见了他脸色和平常没什么两样，但老王总隐隐感到一场暴风雨要来临。

九点光景，老王给各办公室送报纸，送到吴局长办公室时，他敲门的手直抖。进去后，老王小心翼翼地把报纸放在吴局长的办公桌上，随后想偷偷观察一下吴局长的脸色，没想刚抬头，巧了，正好和吴局长目光相遇。

吴局长打量着老王，说："王师傅，你今天脸色不太好啊，怎么，身体不舒服？"

老王支支吾吾道："没……没什么不舒服……"

吴局长打趣说："小孙子惹你生气了？"老王宝贝孙子，局里上上下下都知道。

见局长这么问，老王心想：人家是领导，说话讲究个含蓄，不像自己大老粗的直来直去，他准是得知事儿了，自己得赶紧表个态呀。于是连忙接着话茬主动给领导赔起了不是："吴局长，我那孙子是调皮，常在幼儿园里惹事，你放心，我会好好管教他的。"

那吴局长呢，见老王说到孩子，神色有点变了："现在有些孩子实在不像话，不管可不得了啊！"

"是啊，是啊！"老王忙不迭地一边应着，一边赶紧退出吴局长的办公室。

整整一天，老王就觉得心里发慌，额头上冷汗直冒，他最担心吴局长会指使幼儿园的老师给自己孙子眼色看，所以打从这天起，孙子从幼儿园回来，老王总是先观察孙子脸上的表情，然后细心盘问一天的情况，每一天他的神经都绷得紧紧的，唯恐孙子有什么不测。就这样，忧愁、紧张、恐慌，一个星期后，吴局长还没有"下手"，老王就先倒下住进医院了，主要症状是胸闷、眩晕、情绪急躁，医生两次会诊，都没有诊断出老王得了什么病，只有老王心里清楚,自己得的是心病呀!

老王虽然躺在病床上,但要求老伴每天都要将孙子的情况一日两报:早上几点起床,几点到幼儿园,什么时候回家,心情如何……没有发现问题,他才放心。

这天,老王正躺在病床上想孙子,忽然听到"咚咚"的敲门声,随即就是一个熟悉的声音:"王师傅,身体还好吧?"

老王猛抬头,呀,怎么是吴局长?手里还拎着一大包补品。老王顿时诚惶诚恐起来:"吴局长,你这么忙,还来看我呀?"

吴局长笑着说:"哪里,哪里,王师傅,你是有功之臣哪!"

"啊?"老王如坠云里雾中。

吴局长在老王病床边坐了下来,说:"王师傅,你有所不知,我那孙子平时被我老伴宠坏了,在家里天不怕、地不怕,前两天因为一点小事,竟拔出拳头要打人,我老伴居然还由着他。我实在看不下去了,一时情急,便对他说,'你再这样无法无天,我就去喊王爷爷来',孙子问我'哪个王爷爷',我就说是你。嘿嘿,我孙子一听,立刻乖乖地给我老伴说'对不起',再也不敢乱来了……"

老王听得惊呆了,就像是在听天方夜谭:"这……吴局长,我……"

吴局长朝老王摆摆手,说:"前几天我不是告诉过你嘛,以前我这孙子调皮起来,一家人谁都对他没办法。现在好了,只要说一声'王爷爷来了',比喊'狼来了'都管用。咳呀,老王哪,你真是我们家的救星呀!哈哈哈哈……"

吴局长在老王的病床边坐了好一阵才走。当天下午,老王就出院了……

(邵　杰)

(**题图**:魏忠善)

神圣的豌豆

　　李孟是村里最胆小怕事的老实汉子,他只顾种自己的地,只要天不塌下来,村里无论什么事儿他都不想管,也没人要他管。

　　可这一次不行了,村里要选村主任了,凡是参加选举的村民,村里可以少派他五天公益劳动。乡长的小舅子麻歪嘴还说,谁不来参加选举投他的票,今年就别想领到一两救济粮,话说到这个份上,李孟就只好去了会场。

　　说是会场,其实就是村里小学的操场。会议开始前,村支书先是清点人数,然后一人发一颗豌豆,因为村里大多上年纪的老人不会写自己的名字,识数也有些困难,为图简便,就用豌豆来代替选票。

　　候选人有两个:一个就是乡长的小舅子麻歪嘴,大名王弼山,是个游手好闲之辈,不过却被说得好像比焦裕禄、孔繁森还优秀;另一个叫李国元,是个退伍军人,谁家遭遇了难事,他从来没有不帮忙的,可此时却只被三言两语地简单介绍了几句。

李孟坐在角落里,他巴不得选举早点结束,哪怕回家拣一筐麦种、编一只簸箕,也比坐这强。但他进了会场就发现自己走不了,因为麻歪嘴正用他那双三角眼肆无忌惮地在会场里四下打量,李孟心里不由打了一个寒噤,看来不投这家伙一票还真不行。

这时候轮到候选人说话了,按当下时髦说法,就是两人各自发表"竞选纲领"。王弼山说话时气壮如牛:"如果我当了村主任,每年争取给全村人比现在多三倍的救济粮,比现在多五倍的救济款!"李国元说话时却细声慢语:"如果我当了村主任,争取一年后不要国家的救济粮和救济款。我们村的红砂多,挖砂卖给炼废铁的,不要本钱,只要劳力;我们村的黑水沟一点没有污染,看沟里那水清清的,养出的鱼城里人一定喜欢……"

村民们都在底下静静地听着,起初没怎么反应,可当听到李国元说不要国家救济粮和救济款的时候,他们都不由频频点起头来:是啊,我们黑水沟的人,难道真一辈子靠国家救济?

这时候好像只有李孟,瞇着眼皮像老僧入定一般,也不知他心里在想什么。

按程序,候选人说话之后,选举就正式开始了。只见王弼山和李国元身后各放着一只碗,村里人挨个儿排着队从他俩身后走过,把自己手里的豌豆放入其中一只碗里,就算是投下了神圣的一票。李孟也排在队伍里,人家前后说说笑笑、打打闹闹的都有,可他却战战兢兢地跟着队伍走,总觉得麻歪嘴王弼山那双三角眼老在扫他……

选举结果很快就出来了,而且充满了戏剧性:全村今天参加选举的一共是487人,王弼山243票,李国元不多不少也是243

票。这个结果一宣布,大伙儿就纷纷议论起来:这不就表明今天来开会的人里边,有一个没投票嘛,他是谁?

这时候,村支书说话了:"有件事我得说一说! 其实那个人也不是没投票,只不过他是把一颗豌豆掰成两半了,因为王弼山碗里有半瓣豌豆,我们在李国元的碗里也找到了半瓣。所以我现在征求大家意见,是重选呢,还是咋办?"

一颗豌豆一掰二,这倒是新鲜事!

村支书这话刚说完,台下立刻议论声一片。可没多会儿,场子里突然就冷寂下来,大家沉着脸,谁也不说话,这一颗掰成了两半的豌豆就好像是一把火,在燎着大伙的心。

这时候谁也没有注意到,坐在角落里的李孟,头上却渗出一颗颗豆大的汗珠来……

村支书见没人开口,就有点尴尬,说实话,这两个候选人他哪个也不想得罪。怎么办,看来就只有重选了。他正要开口,却突然发现不少人都不约而同地把眼睛朝坐在场子中央的青山老爷身上望去,他心里猛一个激灵:是啊,在黑水沟,青山老爷德高望重,是大家心目中的活神仙呀! 他想了想,便对青山老爷道:"老爷子,这事儿……您看咋办好?"

青山老爷朝村支书摆摆手:"你还是问问那两个候选人吧,他们说咋办。"

两个候选人能怎么说呢,赶紧朝村支书点头:"我们听老爷子的。"

青山老爷看两个候选人这么爽快地表态,就从凳子上站了起来,捋捋白须,朗声道:"那好! 要我说,就按掰开的豌豆大小来决定吧:如果两瓣一样大,你俩抓阄,谁赢谁当选;如果不一样大,那大的算一票,四舍五入嘛!"

大伙儿都赞成,两个候选人觉得这法子也行,于是就把两只碗拿来看。

这一看,王弼山惊呆了:他碗里的那瓣豌豆只有三分之一大,而李国元碗里的那瓣却有三分之二,还看得出是用牙齿咬的,上面留着牙龈上脏兮兮的污垢。

把这两瓣豌豆合起来,正好是一颗!

李国元当选了,场子里顿时响起了雷鸣般的掌声。

谁也没有注意到,这时候李孟悄悄摸了一下自己的腮帮子。他心里在偷着乐:这小小一颗豌豆还真不好咬,先前,他像做贼似的偷偷将它咬开之后,还装模作样地让王弼山看到和听到他把豆子放进了那家伙身后的碗里。

可是没想到,第二天传来消息,说上头宣布这次选举作废,因为"四舍五入"不合法,得重选。这回发的就不再是豌豆了,而是一人一颗小石子儿,这是为了提防把豌豆咬成两瓣的情况再度出现。

没想到,重选的结果十分悬殊:王弼山125票,李国元362票,票数遥遥领先。

别看李孟坐在角落里闷声不响,其实心里比谁都乐。原来他心里明白着呢:自己曾经咬下的那半瓣豌豆,唤醒了全村人的心……

(马 卫)

(题图:安玉民)

半夜出车

晚上九点多,小车司机王鹏接到张局长从家里打来的电话,让他马上去一趟,说是有要紧事情找他。王鹏家离张局长家不太远,所以放下电话后他很快就赶了过去。

一走进张局长家,王鹏就感觉气氛不对,忙问出什么事了。局长夫人叹了口气,说:"唉,还不是那孽子又出去惹事儿了。"王鹏知道,局长夫人说的孽子,就是她和张局长的宝贝儿子小远,小远成天和一帮狐朋狗友鬼混在一起,三天两头地惹事。

张局长告诉王鹏说,刚才接到小远电话,说是在河源镇上赌输了,被人家扣着,让张局长天亮之前带二万块钱去赎他。张局长气归气,当父亲的又不能坐视不管。

王鹏忙说:"局长,您别急,我这就去局里把车开过来。"

张局长朝王鹏摆摆手："这么晚还折腾你,我也是实在没有别的办法了。但我不想用我那辆公车,你能不能去替我借辆车,最好是出租车。"

王鹏略一思索,说:"行,局长,您等着,应该没问题。"

临走时,张局长嘱咐王鹏来时别忘换套旧衣服,总之是越普通越好。

这时已经是晚上十点多了,王鹏忙活了半天,好不容易借到一辆"夏利"车,开过来给张局长一看,张局长挺满意,于是急匆匆跳上就走。

一路上,王鹏由于平时开惯了高档车,冷不丁开这夏利,觉得特别不顺手,所以他一点不敢大意。大约开了有一多半路,王鹏看看天亮之前赶到河源镇应该没问题了,这才稍稍放松了一下精神,随手拽了支烟含在嘴里。

可谁知还没等点上火,王鹏猛地觉得有什么东西将车轮弹了一下,随后又一震,车身接着就向路边滑去。王鹏赶紧往回打方向盘,就在车子调过来的瞬间,只听"噗"一声,紧接着他就感觉车子往下沉,"糟糕!"他赶紧将车停住,下车一看,傻眼了:左侧一个轮胎瘪了。

这前不着村、后不着店的地方,何况又是深更半夜的,上哪儿找人修车去?张局长围着车子急得直转磨磨。

王鹏抓着脑壳出主意说:"局长,要不咱们推着车子走吧?前面应该会有人家,到那儿再问问有没有修车的。"

张局长想想也只好如此,便和王鹏推着小车一路向前走起来。果然,走了没多远,前面散散落落地出现了一所所房子,王鹏别提有多兴奋,快步上去,"砰砰砰"敲开了其中一家的门。

这家男人只将门错开一条缝儿,很不高兴地问:"你是哪的人?这么晚了还敲门?"

王鹏满脸赔笑地向他解释,问附近有没有修车的地方。那人一听是为这事儿,语气稍稍缓和了点,告诉王鹏说,村里没有专门的修车铺,若是拖拉机什么的坏了,就去找赵哑巴修。赵哑巴住村西头道边第一家,他让王鹏去那里看看,还说赵哑巴门上有一个按钮,只要一按,屋里的灯就会闪,赵哑巴就知道有人在敲门了。

一听有希望,王鹏和张局长便急忙推着夏利车直奔村西头。他们看到那第一家的屋里似乎还隐隐约约透着光,便去到屋前,王鹏用手摸到门框上的按钮,就使劲按了几下。

不一会儿,屋里传来了脚步声,但没有立即开门,好像是在扒着门缝往外瞅。王鹏赶紧掏出打火机点燃,为的是让赵哑巴看清他和张局长不是坏人。

果然,赵哑巴很快就把门打开了。王鹏一看,这赵哑巴三十岁还不到,个子不算高,但长得挺敦实,王鹏于是一抱拳,用手指指身后夏利车上那个瘪了的轮胎。

赵哑巴明白了王鹏的意思,可是头却摇得像拨浪鼓,他一边比划着摇手,一边就要关门。

王鹏急了,赶紧抢身挤进去,张局长也紧跟其后。两人进屋一看,发现赵哑巴住的是两间套房,外面这一间是厨房,还堆放着柴草及工具等,里面那间虽然亮着灯,但门窗关得挺严实,大概是卧室。

赵哑巴见王鹏和张局长强行进屋,有点不高兴,脸沉了下来。聪明的王鹏立刻给他抱拳拱手,点头哈腰,没办法,赵哑巴只好指指火炉旁边的板凳,示意他们坐下,然后,他进里屋去穿了件好像是专门干活穿的破衣服出来,又从墙角拿起修车工具,快步走了出去。

赵哑巴走路很快,看上去像是个性子很急的人,可是干起活来却不行,王鹏和张局长很快就看出来,他其实对补轮胎并不在行,功夫笨拙不说,手脚也慢,足足用了一个多小时,才终于将补好的轮胎重新安到车上。

上好轮胎,赵哑巴直起腰来,用手抹了把额头上的汗水,朝王鹏和张局长笑笑,那意思似乎是告诉他们:轮胎补好了。

王鹏刚想掏钱,突然,传来一阵汽车马达声,转眼间一辆小卡车就开过来,停在了赵哑巴家的门前,从车上跳下来一伙人。赵哑巴一看,脸色大变,立刻惊慌地用自己的身子把门挡住。

这下来的七八个人中,为首的是一个横眉竖目的四十多岁中年男人,紧跟其后的是一个五十多岁的瘦老头。中年男人气势汹汹地上来,一把将赵哑巴往旁边一扒拉,冲进屋里,只片刻工夫就连扯带拽地拖出一个女子来。

王鹏和张局长一看,这女子长得挺标致,二十多岁年纪,在中年男人手里连哭加比划,拼命地挣扎。他俩愣住了:这女子也是个哑巴?

这时,就见瘦老头指指赵哑巴,低眉顺眼地对中年男人说:"四顺,您瞅见了,这小子在修车,说明我们来得正是时候,没让他捡了便宜。"

被称为四顺的中年男人听瘦老头这一说,眉头一皱,眼皮往上翻了翻,突然就死死盯着那哑女,阴阳怪气地说:"她是不是大姑娘现在还不好说,我得当场试试!"说着,猛一把揪起哑女就要往屋里拖。

瘦老头忙道:"四顺,她一个没过门的闺女,你当着这么多人……她日后怎么见人呀?"

四顺眼一瞪,抬手照着瘦老头就推了一把,嘴里骂道:"你用她顶了赌债,她就是我四顺的人,你不给我好好看着,让她半夜三更出来偷野汉子,还要什么脸面?"说着,手下一用劲,就将哑女像小鸡一样提起来往屋里拎,那哑女哭得满脸是泪,手脚乱蹬,却毫无办法。

这时,只见赵哑巴突然"哇哇"叫着扑过去,照着四顺就打。

四顺一看赵哑巴敢打他，火了，凶相毕露地朝他们一起来的同伙喊道："你们还愣着干什么，把他给我往死里打！"

就在那帮人一哄而上的时候，就听张局大吼了一声："住手！"

所有在场的人都镇住了。

四顺一松手，放开了哑女，来到王鹏和张局长面前，眯起眼睛上下打量着他们，然后两眼一瞪，说："四爷我今天心情好，不跟你们计较，哪里来哪里去吧！"说罢，就晃晃身子要走。

"慢！"张局长喝住他说，"我们是路过的，刚在这修完车，看你们打架，想问一下这到底是为什么？"

见张局长问，四顺显得有点不耐烦，可是还没等他开口，那瘦老头就挤上来，急急地对张局长和王鹏说："两位弟兄，求你们帮着给证明一下，我闺女没跟那小子……"

从瘦老头结结巴巴的诉说中，张局长和王鹏终于明白了，原来那哑女是瘦老头的女儿，和赵哑巴青梅竹马，一直在偷偷恋爱着，可瘦老头特别好赌，前些日子因还不起赌债，就自作主张将女儿抵给了开地下赌场的老赌棍四顺。哑女死活不肯，昨晚趁瘦老头在外面赌博，就逃到赵哑巴这里，却被四顺发现了，领着一帮打手追过来……

知道了事情真相，张局长眉头不禁皱了起来，他想了想，对四顺说："我也想和你赌一把！"

一听到"赌"字，这伙人马上来了兴致，纷纷说："四爷，就和他赌一把，可不能让这家伙小瞧了咱！"

四顺被这帮人一鼓动，赌瘾立刻上来了，说："赌什么？"

张局长说："就赌这个哑女吧，敢不敢？你出个价！"

四顺看一眼张局长，嘴角一撇，说："就你这个穷酸相，也跟我赌她？那好，如果你能立马掏出二万块钱来，这哑巴就归你说了算。"

张局长显出挺为难的样子,问四顺:"能不能再少点?"

四顺把头一摇:"少一分也不行!"

"好吧,"张局长一咬牙,便把装在兜里准备去赎儿子小远的那二万块钱掏了出来,嘴里还故意嘟囔着,"完了,这一年就挣了这么多,算是白干了……"

四顺一看,两只眼睛立刻放出光来,他劈手一把将张局长手里的钱夺了过去,又把哑女朝张局长面前一推,说:"好了,归你了!"说完打了个手势,就带上那伙人上车跑了。

张局长拉过哑女,将她的手放到赵哑巴手中,比划了一阵,意思是告诉他们,今后他们可以在一起了。

王鹏在一旁低声问:"局长,钱没有了,小远那儿怎么办?"

还没等张局长说话,瘦老头从旁边凑上来问:"张小远?你们是不是去河源镇给张小远送钱的?"

张局长挺惊讶:"你怎么知道?"

瘦老头巴结说:"你救了我闺女,我也就不瞒你了。这个张小远,和四顺他们是一伙的!"瘦老头告诉张局长,张小远经常到河源镇来赌钱,赌窝就设在四顺家,他们从张小远嘴里知道他有个当局长的爸爸,也知道他爸爸对他花钱管得很严,所以一帮人就想方设法帮他骗钱,他现在还在四顺家赌呢。

听了瘦老头的话,张局长气得脸色铁青,指着瘦老头气愤地说:"你们这些赌徒,真是太可恶了!"

瘦老头被张局长说得低下了头,满脸悔意。

张局长转脸对王鹏说:"马上报警,把这个赌窝端掉!"

王鹏却犹豫:"局长,小远也在那儿,会被一起抓了的。"

张局长眉头紧锁,一字一句道:"我宁可让他坐一辈子牢,也不想让他丧失了人性!"

(胡秀欣)

(题图:杨宏富)

谁让咱俩住对门

公司经理离任,主管局要在邵文和曹武两位副经理中选择一人补缺。

这天上午,主管局领导来公司搞民意调查,公司员工集中在会议室里填写民意调查表,调查表上写着邵文和曹武的名字,同意谁当经理,就在谁的名字下打个勾就行。

邵文填完表,很随意地望了齐平一眼,齐平也是副经理,只因他年龄稍大,这次选拔经理就没他的份了。

邵文把目光投向齐平时,齐平提笔正要填表,外面传来"嘀嘀"一声汽车喇叭响,齐平扭头往窗外望望,脸上的神情忽然变得古怪起来,猛回头,提笔就在调查表上勾了一下。

齐平这一勾,勾得邵文两眼直发黑。因为调查表上邵文的名字在左,曹武的名字在右,齐平勾在右边,分明是投了曹武一票,邵文看得真真切切。

后来,投票结果出来,邵文只比曹武少一票。可少一票也是少啊!邵文心里像被猫爪抓了似的难受,可又说不出口。

那天晚上,大家在酒店聚餐,庆贺曹武高升。酒席散了之后,曹武坐小车走了,齐平拽着邵文上了一辆出租车回家。

邵文和齐平住一个楼,还门对门。下车后,在楼门口,邵文借着酒劲对齐平说:"老齐,你他妈真不够意思,投票你没选我。"

齐平吃惊地问:"老邵,你怎么知道的?"

邵文像打架似的嚷道:"这你别管,你把这事给我解释清楚。"

齐平长叹一声,说:"既然你知道,我也不瞒你了。老邵,我和你的关系,他老曹没法比,我原来是铁定要选你的。可关键时候,你知道吗?咱公司那司机开着小车回来了,就是他按的那两声喇叭响,让我突然改变了主意。"

邵文愕然:"他开他的车,你打你的勾,这有什么关系?"

齐平朝邵文摇摇头,问他:"你说,咱公司谁有资格坐这小车上下班的?"

邵文说:"当然只有经理一个人呀!"

齐平苦笑道:"老邵,咱俩平时上班一起走,下班一块回,这都多少年了?可如果你当上了经理的话,那以后就不是那么回事了!你想想,每天车来接你、送你,你说咱俩住门对门,你叫不叫我跟你一起坐?唉,叫不叫我坐,咱俩都难受,都别扭,都让我没面子……"

邵文声音都发抖了:"你竟然就是为了这个?"

"还有另一层原因,"齐平继续说,"你儿子跟我儿子同班,你也知道,这俩小子挺好的,平时上学、放学也一块走。你说,你要是当上经理了,你儿子搭你的车上学,我儿子咋办?他的感受还不跟我一样？所以呀,老邵,我想还真不如你也别去当经理了,咱俩还是平起平坐吧……老邵,我把心窝子话都掏给你了,你别怪我啊!"

邵文听后愣了老半天,突然就笑了起来,拍拍齐平的肩膀,说:"不怪你,不怪你,换了我,也会这么做,谁让咱俩住对门呢!"

（邢　天）

（**题图:**谢　颖）

情 感 纪 实

人与人之间的真情实感,是世间最美丽的花朵。花谢凋零时,往事也随风消逝,只留下缕缕清香……

情
迷
姐
妹
花

　　一年前,阿康从封闭落后的小山村来到上海打工,经过一年多的努力,他终于找到了一份体面的工作,在一家歌舞厅做音控师。歌舞厅里每天轻歌曼舞,看着一对对情侣牵手相伴的亲密样儿,阿康情不自禁地想起了那个在老家的大玲。

　　大玲和她妹妹小玲是阿康邻村的一对姐妹花,村里喜欢她们的小伙子可多呢!一天晚上,乡里的电影放映员来村里放电影,大家都去晒场上看。放到一半的时候,阿康无意中扭过脸去,竟惊喜地发现大玲正在看他,隔了一会儿,他忍不住又扭过脸去,发现大玲还在看他,脸上挂着笑,连眼睛都不眨一下。阿康被大玲看得不好意思起来,慌乱地把脸扭了回来,可他心里却乐得不行,他没想到邻村这个大美人会看上自己这个书呆子,于是暗下决心：找个机会，一定要向大玲表白自己心意。

不料没过多久，阿康的父亲就让阿康跟一个同乡去上海打工，这一走就是一年多。阿康常常会想起大玲，可两地相距这么远，阿康不知道自己该怎么办。

因为老家地处偏僻，村里还没有电话，和家里的联系就靠书信。这天，阿康收到父亲来信时，突然眼前一亮，心里陡然有了主意。阿康的父亲平时能说会道，是村里出了名的媒公，他甚至还有一套自己的"婚配原理学"，什么"属猴的不能娶属羊的为妻"，"水命不宜与火命相配"，如此这般的说法足足有几十条。阿康曾笑话父亲，说他这是搞歪理邪说，乱点鸳鸯谱，但如今与其自己在这儿朝思暮想，还不如让父亲帮帮自己的忙呢。于是，他立刻给父亲写起了回信，让父亲给自己做媒。

不到半个月，父亲的信就来了，信上说："傻儿子，你怎么不早说呢？事情已经敲定，本月28日，你的心上人将到上海来与你相会。"大玲这么快就要到上海来了？阿康心里真是激动万分，对父亲更是佩服得五体投地。

接下来，阿康便开始为大玲的到来做起了准备，他先将租来的屋子粉刷一新，又新添了一套锅碗瓢盆，还挂起一道布帘，将房间一分为二，里间留给大玲，外间归他自己这个护花使者。

终于盼到了28日这一天，阿康穿戴一新，还学城里人的样子买了一束玫瑰花拿在手上，早早地就来到火车站翘首以待。不一会儿，只见出口处人潮涌动，阿康瞪大了眼睛在人流里搜寻，不多时，一张熟悉的面孔出现了，可她并不是阿康朝思暮想的大玲，而是大玲的妹妹小玲。

莫非她们姐妹是结伴而来的？阿康心里直纳闷，他疑惑地四下张望，却仍然看不到大玲的影子。怎么回事？阿康傻在那儿了。

就在阿康愣怔的工夫，小玲一脸灿烂地走到了他面前，说：

"让你久等了。"

"我……我……"阿康涨红了脸,结结巴巴地说不出一句话来。他刚要伸手去接小玲的行李,突然意识到自己手里还捧着玫瑰,迟疑了一下,只好将玫瑰送到小玲手上。小玲接过玫瑰,放在鼻子下用力地闻着,脸上洋溢着幸福的微笑。

到了出租屋,阿康一边安顿小玲,一边在心里嘀咕:我信里明明给父亲说的是大玲,怎么现在来的会是小玲呢?难道父亲老眼昏花把我的信看错了?不可能,父亲办事一向仔细。要不,小玲是大玲派来打前站的?阿康左思右想也想不出个所以然来,但不管怎么说,小玲是大玲的妹妹,阿康觉得应该好好待她才是,再说,到时候还得指望小玲在大玲面前替他多美言几句哩。

就这么,阿康和小玲朝夕相处了好几天。小玲虽不及大玲长得漂亮,但她很勤快,性格也很温和,阿康发现自己竟然渐渐地喜欢上了她。可是一想到大玲,他又不敢面对小玲了,他想,万一小玲真是大玲派来打探的,那自己不就尴尬了?他反复提醒自己:一定要冷静,千万不能"见异思迁"。

几天后,阿康帮小玲找了份工作,在一家商场做营业员。这样,小玲白天上班,阿康晚上上班,时间错开了,虽说同居一屋,接触的机会却少了。与此同时,阿康又赶紧给父亲写信,问到底是怎么回事。在真相不明之前,他一直谨慎地与小玲保持距离,哥哥一般地照顾着她。

这天,阿康的同事因为有事和阿康换了个班次,阿康只好白天去上班。晚上下班回来,小玲还没有睡,她兴奋地告诉阿康,她晚上和一帮小姐妹吃饭去了,还喝了点酒,还去唱了卡拉 OK。这些日子来,小玲好像还从来没有这么开心过,阿康发现她笑起来竟是那么迷人,阿康这时候真想拥抱她一下,可他拼命克制着自己,不敢轻举妄动。

　　洗漱过后,阿康往床上一躺,想尽快入睡,可小玲却意犹未尽,坐在他床边依旧不停地说这说那。阿康其实一句也没把她的话听进去,他这时候有点心猿意马,想入非非,他担心时间久了把握不住自己,就狠下心对小玲说:"太晚了,明天你还要上班,还是早点休息吧!"

　　小玲顿时就愣住了,她起身默默地回到布帘子那边,阿康听到她在抽泣……第二天,小玲神色忧郁地对阿康说,她想回老家去。阿康慌了,猜想准是自己昨晚过于严肃,赶紧好言相劝。阿康苦苦等着父亲的来信,可那信却迟迟没来。

　　一晃又过去了半个多月。这天凌晨,天上下着蒙蒙细雨,阿康夜班下班后,裹着雨衣,骑着自行车,急匆匆地往家赶。来到一个十字路口,见是黄灯闪烁,四下又没人,便想赶紧闯过去,谁知就在这时,一辆白色面包车突然呼啸而来,阿康躲闪不及,"砰"地一声就被连人带车撞飞了。

　　醒来的时候,阿康发现自己已经躺在医院里了,浑身上下插满了管子,他试着想动动身子,这才发现自己的一只手被紧紧攥着,一看,小玲趴在他床沿睡着了。

　　恰巧一位护士这时候走进来,看到阿康醒了,忍不住轻声过来说:"她是你女朋友吧?你真是福气啊!昏睡了这么久,她一直都没合过眼哪,握住你的手寸步不离。我们都劝她去睡会儿,她怎么也不肯,说她若是手一松,你就回不来了,她说一定要把你拉回来……"

　　护士的话还没说完,阿康已经听得泪流满面。

　　这时候小玲被惊醒了,见阿康睁开了眼睛,她愣了愣,竟"哇"一声大哭起来……

　　在小玲的悉心照料下,阿康身体恢复得很快,一个星期后就出院了。阿康就此对小玲产生了深深的依恋,觉得自己再也离不开她了,他情不自禁地抓住小玲的手说:"我……你……你再也不要离开我了,好吗?"

　　小玲顿时羞红了脸,挣脱开阿康的手,说了句"我姐姐过些天会来的",就跑了出去。

　　被小玲这一说,阿康突然想起了大玲,立刻手足无措起来。

　　也就在这一天,父亲的信终于来了,不过父亲只是在信里说要来看阿康,让阿康去车站接他,其他什么都没提。

　　这天,阿康和小玲一起去车站,很快就在熙熙攘攘的人群中见到了风尘仆仆的父亲,父亲后面还跟着一个人,就是大玲。阿康的心立刻悬起来,他不知道自己该如何面对这尴尬的局面,等待着自己的,又将是怎样的结局。

(小　时)

(题图:安玉民)

周全的火车

城北火车站是个货运站，经常有满载的货车在这里编组拆散，也常有空车调来调去。在这些车的车梯或是车尾，常常会"吊"着一些穿着油腻腻工作服的调车员，他们的本事都赛得过当年打日本鬼子的铁道游击队，其中最牛的一个就是愣头青周全，常常能看到他一脚蹬梯，一只手吊车把，另一只手还舞着信号旗，嘴里不是吹调车哨就是嚼槟榔，再快的车也能轻易飞上去。

周全这小子据说是当年巡道工老马从枕木边捡到的弃婴，他是从小吃铁道家属区的百家饭、听着"轰隆隆"的火车声长大的，七八岁就能在飞驰的货车上跳上跳下，比猴子都灵巧，自打老马改扳道以后，他就学着放拦车杆，打信号旗，俨然是个小司令。后来老马把他送进了学校，可他读到初中就再不肯去学校了，死活闹着要干铁路，最后总算如愿当了一名调车员。

有一天，周全走铁道去北站，走在夹山的弯道上时，遇到一对时髦的小情侣，两人走在铁轨上，还嘻嘻哈哈地互相捡小石子扔着玩。周全脸一黑，站在安全线外面吆喝他们："现在是北京时间下午两点，马上就有一趟货车要经过这里，请你们立刻离开轨道，站到线外去，别拿自己的生命开玩笑！"

女青年一听周全的话，就像一只受惊的小鹿，一下就跳出铁轨，走到了安全线外面，可那个男青年却挑衅似的冲着周全说："你管什么闲事，你几百瓦的灯泡啊？"

周全铁青着脸，往山那头一指，那边果然在鸣通车信号了，拦车杆下降时伴着的警钟声是附近人都熟悉的，可那男青年偏就歪头站着，和周全赌气："我就在这站着，你能把我怎么样？"

这时候，铁轨已经开始震动了，周全厉声对那男青年说："你不是住这附近的？我告诉你，轨道这么震就是表明来重车了，别说我没警告你！"

男青年一听，竟反而在铁轨上坐了下来，耍赖说："那你就叫它停一停，平时'打的'坐的都是汽车，今天我就来打个'火车的'！"

说话间，火车头已经进了山口，那男青年刚才还满不在乎的样子，但此时立刻被"轰轰隆隆"的火车头吓住了，连滚带爬地一跃跳下了铁轨。而周全却潇洒地趁车头转弯减速的当儿，伸手一吊，身子一跃，人就上了车头驾驶室。女青年在下面看呆了，佩服地朝周全竖起了大拇指，气得那男青年张牙舞爪地直朝周全挥拳头。

周全打"火车的"到北站，办完了事又搭车回来。这时候，那对小情侣已经没了影儿，可开车的司机却嘻嘻笑着冲窗外指指，又推了推周全。周全顺着司机手指的方向看去，隐约发现树丛里好像有两个人在滚动，他傻乎乎地问："他们在打架？"司机哈哈笑起来："一男一女，干吗要跑这儿来打架？"周全这才明白是怎么回事，红了脸，再没吭声。

车到道口,周全跳车回到扳道房,见老马正喝着小酒,吃着卤菜。周全没搭理老马,一头冲到屋后,拧开龙头就"哗哗"地冲起澡来。不知怎么的,他眼前总晃动着那一对青年男女的影子,他觉得,那么胆小、又那么撒野的不算男人,那种女人也不是好女人,一男一女在树丛里滚来滚去的,简直不成体统,呸!

冲完澡,周全光着脊梁,虎着脸,抄起锤子,扭头就要出门。这时候,天上黑云堆积,顷刻间就下起了瓢泼大雨,周全从墙钩上摘下雨衣披上,扭头就冲出了扳道房。他一步两枕木地跑着,也不知道自己要去干什么,是打人?还是要去看看那一对男女现在怎么了?

周全正跑着,迎面撞上一个落汤鸡似的人,一看,正是那个胆小如鼠的男青年,却没见那女青年跟着。男青年见是周全,似乎显得有点慌张,立刻就跳下路基跑了。而此时,弯道那边来车的警钟又响了,周全根本来不及细想什么,只扭头朝那边望一眼,就发现铁轨上有一团白花花的东西,他心里一惊,发疯似的跑过去。

此时,铁轨在不停地震动,货车已经逼近过来,周全跑到跟前一看,那白花花的竟就是他先前看到过的那个女青年,人已经昏迷过去了,披头散发,全身裸露,手脚被她身上扒下的衣服捆着。这不是存心杀人吗?弯道这里是火车司机的视觉死角,等到看见人,车头早碾上来了。周全也不知哪来的力气,一把抱起女青年就朝路基下滚,几乎是与此同时,那辆货车呼啸着从铁轨上一驰而过。

周全抱着女青年滚下路基后,自己掉进了铁轨下的排水沟,却拼力把女青年托在手上。他挣扎着爬出水沟,把女青年放在地上,解开捆在她身上的衣裤,替她穿戴起来。

周全正手忙脚乱地做着这一切的时候,他身后突然炸雷似的响起一声猛喝:"哼,你小子干得好啊,毛硬了是不是?你这个狗杂种!"

周全回头一看,见是老马,一时竟不知怎么开口。

老马痛苦地说:"你小子还没到娶老婆的年龄啊,怎么能够下这种狠手？你知不知道这是犯法的？你要我锤死你啊？"

周全缓过气来，辩解说："师傅，她是被人强奸的，被扔在铁轨上……"

老马本来就不相信周全会做出这种事来，所以周全一解释，他就没再说话，默默地和周全一起把女青年背到扳道房，也不敢惊动她，只把大铁炉加满煤，让女青年和衣烤了阵火，再用被子裹了，让她在床上躺着。

围着烧红了的火炉，这一老一少喝开了酒。周全一边喝一边问老马，接下来怎么办，老马想了想说，还是耐心等着吧，出了这么大的事，还不知道女青年自己能不能挺住。

夜里，女青年从昏迷中醒来，听到老马正在对周全说："我这就告诉你一件事，你今天救人的地方，就是你娘卧轨自杀的地方。那个时候火车头是烧煤的，火车到转弯时要放气鸣笛，雾罩子一样，天又黑，司机当时没看见你娘在那儿，我是第二天一早去巡道时才发现的，你娘身边放着你，你那个小啊，猫似的，营养不良，可能还是早产。唉，没人来认你娘，只好把她埋了。我收养你后，可没少被人戳背脊梁，说我是老光棍带嫩崽，那些话真是要多难听有多难听。可没想，你这家伙生来就是吃铁道饭的，你今天救下她，也是缘分啊……"

老马和周全见女青年醒了，赶紧关切地过来嘘寒问暖。女青年又感动又伤心，便抽泣着将自己的遭遇一五一十地说给这两个好心人听。原来这女青年叫小风，是一个在附近读师范的学生，她家在外地，总觉得学校寄宿生活太单调，于是便迷上了网络，玩网络游戏，相信网络恋爱，在网上和那个男青年认识之后，没多长时间就被他三言两语骗了来，还差点被谋害。

老马和周全听罢，立刻向当地派出所报案，没过几天，那男青年就被逮住了。那家伙其实是个流氓，用不同的化名上网聊天，设计陷害女生，但是这次他把小风骗上山后，怎么也不能得手,为怕事情败露,他便起了恶念,企图借飞驰的火车杀人灭口。

小风不久后就恢复了学业,她再也不上网聊天了,有空就到扳道房来,给老马和周全洗衣烧菜,还跟周全打"火车的",调车、巡道,甚至和周全一起站在火车顶上,体验火车风驰电掣的感觉,模仿电影《泰坦尼克号》里的镜头。轰轰烈烈的爱情之火很快就在她和周全心里燃烧起来,小风打算假期里把周全带回老家去,把周全介绍给家里人——飞奔的火车是他们的媒人,是他俩爱的见证。

这天,周全和往常一样跳车去北站调车,他在车头顶上,远远地看见小风穿着火红的风衣在那里看他,就不禁兴奋地站直起身子来,扬着手里的信号旗,嘴里高喊:"等我调完车——"开货车的司机一看站在下面的是小风,立刻笑着鸣响了长笛。

小风也兴高采烈地朝周全举起了她刚在超市买的一大兜东西,她想告诉周全,她会做一顿丰盛的饭菜,好好犒劳他。可谁知就在这时,却发生了让她永远不能释怀的一幕:火车正向前奔驰,前方却突然出现了一根临时架起的用来偷电用的电线,细细的,数米之外又根本无法察觉。就是这根电线,在列车的飞速行进中,勒断了正站在车头顶上挥舞信号旗的周全的脖子!他黑黑的脸上刚才还挂着灿烂的笑,瞬息之间却无声地飞了起来……

老马也看到了这一幕,他紧跑几步,却腿一软跌倒在了地上,老泪纵横。他拼命地支撑起身子,爬啊爬,终于爬近前去,捧起了那张黑黑的脸,撕心裂肺地抱在怀里哭喊:"我苦命的孩子啊……"

道口上被拦着的行人都为之震惊,货车司机没有停车,也不能停车,此时此刻,看着周全的身子像风筝一样掉落在弯道边的草丛里,他只有悲痛地鸣响汽笛……

行进中"轰轰隆隆"的火车,就这样告别了这个和它息息相通的善良孩子。它知道:这一天,周全刚满十八岁……

（封宇平）

（题图：季　平）

找我的律师来

　　火车站里人如潮涌，有个肩背挎包的女子，正气冲冲地拖着一只拉杆箱往检票口走去，她叫王怡，买的是一张4215次列车的车票。

　　王怡走到检票口，把箱子往安检机上一放，准备过去。不料一位女安检员挡住了她，要她把挎包也放进安检机里检查一下。

　　王怡说："我这是手袋，干吗要检查？再说了，前面那人的手袋不用检查，怎么我的就要检查了？"

　　女安检员回答她说："手袋按规定是抽检，抽到你了，你就应该配合。必要的时候，连你的人也得进安检机！"

　　王怡一听女安检员说话这么横，就把手伸进挎包里去，像是要掏凶器一般。当然，她最终摸出来的不是凶器，而是面纸。她用面纸擦擦额上的汗，说："你再说一遍我听听，你是要我进安检机去？"

女安检员冷笑一声："再说一遍怎么的？好像你还能掏出枪来似的。你现在听好了，这话就是我说的：必要的时候，连你的人也得进安检机！"

谁知女安检员这话刚落音，王怡立刻一猫腰，真就跳上了安检机的传送带，趴在上面从这头进去、那头出来。出来后，她跳下传送带，看了看自己身上被传送带弄脏了的衣服，然后什么话也不说，拖着拉杆箱就走出检票口，直接去了站长办公室。

王怡进门就从手袋里拿出一只 Mp3，给站长放了刚才那个女安检员对她说话的录音，说自己受到了不公正待遇，她整一个大活人，就这么被迫从安检机过，让她蒙受了四大伤害：一、人格和心灵的伤害；二、安检机检查射线对身体的伤害；三、她要乘坐的 4215 次列车现在已经开走了，她的重要行程被耽误了；四、她身上这套进口名牌服装被弄脏了。

站长看着王怡，问她是什么意思。

王怡说："索赔呗，还能有什么意思？"她拿出笔来，给站长写了一个号码，说这是她律师的电话。

站长意识到站在他面前的这个女人不是省油的灯，只好抓起桌上电话，拨通了那个号码。

过了半小时，一个衣着不俗的男子走进站长室，他疑惑地看看站长，然后问王怡是怎么回事。

王怡指着站长，没好气地说："有你这么做律师的吗？你问他呀！"

站长大致说了一下事情经过，然后对这位律师说："律师先生，我认为，这事情目前并没有构成侵权，自然也就谈不上索赔，只能说是我们的服务质量还有不尽如人意的地方，需要改进。这样吧，因为你当事人要乘坐的那趟车已经开走，我们给她全额退票,怎么样?"

律师问王怡:"你看怎么样?"

王怡朝他翻翻白眼,说:"你是律师,你说了算,干吗问我?"

律师说:"好吧,那就按站长的意思办吧。"

站长在车票上签了"全额退票"字样,随后律师就拿上车票,带着王怡走出了站长室。

王怡指指那个女安检员,对律师说:"就是她,非要检查我手袋。"

律师想了想,把手里的车票交给王怡,对她说:"你先自己去窗口退票,就在那里等我,我去去就来。"

律师要到哪里去呢? 他去车站花店买花去了,不一会儿就捧回来一束艳丽的鲜花。

律师走到那个女安检员跟前,把手里的花递上去,说:"同志,谢谢您和您的安检机,避免了一起妻子离家出走的悲剧发生。"

律师说完一回头,发现王怡正站在他身后狠狠地盯着他,便急忙赔着笑脸,变戏法似的变出一束更大的花来,递过去说:"当然,更不能忘了给老婆买花嘛!"

王怡忍不住转怒为笑:"臭美吧你,还人模狗样地当了一回律师呢! 这次算饶了你,回去给我洗衣服啊!"

(于文君)

(题图:安玉民)

「按揭」离婚

乐明工作的文化馆里，最近新来了一位年轻漂亮的打字员，叫傅晓雯。

按说这也没什么稀奇，可自从这位靓女来了之后，乐明身上就渐渐发生了变化，每天他对上班的衣着特别讲究起来，有时候在家也是一副魂不守舍的样子，这就引起了他妻子薛莉虹的警觉。

有一天夜里，已经十二点多钟了，乐明还没有回家，也没打电话回来说明情况。薛莉虹不放心，就赶去文化馆，果然看到乐明和那个漂亮的傅晓雯在一起，傅晓雯坐在电脑前打字，乐明站在她身边，正起劲地说着什么。虽然这天晚上薛莉虹并没有发现乐明有什么出格的举止，但女人的第六感觉告诉她：自己丈夫和这个傅晓雯之间,肯定会有故事发生。

薛莉虹的这种感觉,在三个月之后得到了证实。

这天,乐明回来得很晚,进门就对薛莉虹说:"我们离婚吧!"

薛莉虹心头一震,她提醒自己:我一定要冷静。

她想了想,问乐明:"你爱她吗?"

乐明扬脸说:"那当然,和她在一起的时候,我觉得自己年轻了许多。"

薛莉虹竭力克制住心头涌起的阵阵醋意,追问道:"那么……她也爱你吗?"

乐明不敢看薛莉虹的眼睛,只是肯定地点点头:"她说,跟我在一起,哪怕吃萝卜白菜,她都愿意。"

薛莉虹又问乐明:"你已经很了解她了?你们相互了解吗?"

乐明一听薛莉虹这么问,有点赌气地说:"这不用你操心。"

乐明居然回答得这么无情,薛莉虹的眼圈红了。但她硬是把泪水咽进了肚里,对乐明说:"离婚毕竟是件大事,你让我考虑两天,两天后我答复你。"

这天晚上,薛莉虹和乐明开始了婚内分居,薛莉虹带着儿子睡,乐明则在沙发上将就。

这一晚,薛莉虹在床上翻来覆去没睡着,让她想不通的是:都说这年头男人有钱会变坏,可乐明身处"清水衙门",口袋里没几个钱,怎么也会见异思迁了呢?那个傅晓雯到底在图乐明什么?

两天时间一晃就过了,说心里话,薛莉虹根本就不想离婚。她觉得,这种风花雪月的事在男人堆里,乐明不是第一个,也绝对不会是最后一个,乐明只不过是又一个最终会败下阵来的复制品而已。为了儿子,她愿意等,等待乐明最终归来。

于是这天晚上,薛莉虹正式答复乐明:"我同意离婚。"但又提出一个条件,她对乐明说,"你是知道的,当初我们买这套房子的时候,是以你的名义向我哥哥借了十五万块钱,可至今还有五万块没还。我想等你把这笔钱还清后,我们再离婚。"

乐明一听急了:"我到哪儿去弄这么一大笔钱来呀?"

薛莉虹便给乐明提出一个分期还款的建议,说乐明可以从下个月开始,每月拿出一千五百块来还,什么时候还清,她就什么时候和乐明离婚。乐明想不出更好的办法,只好答应。

一个月很快就过去了,乐明终于等来了发工资的日子,傍晚他回到家里,进门就把一个牛皮纸信封交给薛莉虹。

薛莉虹问:"这是什么?"

乐明说:"还你哥哥的钱呀!"

薛莉虹拆开信封一看,果然是钱,抽出来一数,一千五百块。她看乐明一眼,说:"你还挺守信用嘛!"

乐明冷着个脸道:"不守信用,我就离不了婚!现在就请你代你哥哥写一张收条吧。"

薛莉虹一听跳了起来:"我还要代写收条?"

乐明说:"那当然!到时候你不认账,我找谁去?"

可是到第二个月发工资那天,乐明踏进家门时的神情就不一样了,他吞吞吐吐了半天才开口,对薛莉虹说他现在消费挺大,这个月手头有些吃紧,想下个月一起还。

薛莉虹自然点头答应,显得分外宽容和大度。而且,接下来的三个月里,每到发工资这天,乐明都会用种种理由来拖延给钱,薛莉虹总是一让再让。

一眨眼,半年过去了,这天又是乐明发工资的日子,可乐明直到这天深夜十二点才回来,脸涨得通红,身上还带着一股酒味,进门后就一屁股在沙发上坐下来,从提包里掏出一个大牛皮纸信封给薛莉虹,说里面有五千块钱,是这个月的工资,还有他写小品的稿费。

薛莉虹知道他酒喝多了,也不和他多说什么,只是从大信封里点出一千五百块,余下的仍然还给了他,还说:"你现在不正是需要花钱的时候吗? 留着你们用吧!"

可谁知,薛莉虹这话刚出口,乐明就暴跳如雷地大吼起来:"什么'你们'? 你别跟我提她!"

薛莉虹心里立刻就明白丈夫遇到了什么事,可嘴上却还是故意说:"你们不是正好着吗? 怎么就不能提她了?"

乐明愤愤道:"好个屁! 我还以为她真能跟着我吃萝卜青菜,哼,也是个俗不可耐的人!"

喝得醉醺醺的乐明接着便把薛莉虹当成了倾诉对象,毫不掩饰地吐露了他的婚外情经过。

原来刚开始时,乐明觉得傅晓雯长得漂亮,心地又纯洁,和她在一起特别开心,可后来相处时间长了,傅晓雯就向乐明要这要那了,从时髦衣服到金银首饰,还要新款手机,要数码相机,要手提电脑,还说这是为乐明打剧本用。乐明开始还尽量满足她,到后来实在招架不住了,就不得不向她摇头,这一来,她就大发脾气了,说乐明一个穷编剧根本配不上她,还说乐明是土老帽,不懂得享受现代生活……更让乐明生气的是,昨天晚上,他亲眼看见傅晓雯傍着一个穿戴讲究的中年男人在逛大街。乐明找傅晓雯理论,傅晓雯竟然说:"我跟你玩玩浪漫还可以,跟你过没钱的日子我受不了! 婚姻是要物质做后盾的,你懂不懂?"乐明一听就傻了眼,他一直认为自己和傅晓雯谈的是纯真爱情,没想到……

但是这个结果,是在薛莉虹预料之中的,她想给乐明一个回心转意的机会,这才想出了这么个"按揭"离婚的招儿……

(郑光春)

(**题图**:魏忠善)

好一个山东汉子

农闲六月,即使地处北方,也是热风阵阵。

山东某地一个紧靠铁路边的村子里,二十九岁的农民王扬德正在家里劈柴,突然听到铁路边传来一片惊呼声,他扔了砍刀就奔过去,拨开人群一看,吓了一大跳:一个断了脚脖子的姑娘正一动不动地趴在铁路边,不知是死是活。救人要紧,王扬德把姑娘背起来就往家里跑。

村长闻讯带着村里的医生赶来了,医生给姑娘断了的脚脖子止血敷药,然后对王扬德说:"天热,千万不能让伤口发炎。还有,这姑娘身子非常弱,最好要给她补点营养。"

望着躺在炕上奄奄一息的姑娘,村长挠起了头皮:这姑娘来路不明,一时也送不走她,按说王扬德救人是好事,作为一村之长,以后的事儿该自己揽下。可把这姑娘带回家吧,自己老婆常年生病在炕上,谁来照顾她? 若是留给王扬德吧,他家也穷,实在开不了这个口。

王扬德的老娘看出了村长的心思,说:"村长啊,你别愁了,这姑娘实在可怜,就让她留在咱家吧,有营养的东西咱拿不出,可咱有鸡蛋,扬德喂的鸡每天给我下个蛋,以后这蛋就给姑娘补身子吧!"

王扬德在旁边听了一怔:"娘,那你自己呢?"

老娘笑笑说:"我身子骨硬,没事。"

姑娘就这样在王扬德家住了下来,时间长了,她看出这母子俩是可以信赖的人,就断断续续地说出了自己的伤心故事。这姑娘叫林芬,是湖南人,今年才十九岁,因为家里穷,跑出来打工,却在火车上碰上了一伙人贩子。人贩子贪她相貌,欲施非礼,林芬拼死不从,愤然跳窗逃跑,没想竟被火车轧断了脚脖子。

王扬德骂人贩子丧尽天良,他对林芬说:"妹子,别着急,你在这里安心养伤,先写封信回家告诉一声,我替你寄去,让你爹娘放个心。"

可要命的是林芬只识路不识字,除了能说出自己出来打工时上火车的那个站名外,她说了半天也没能说清楚自己老家的确切地址,王扬德试着替她写了几次信寄出去,可最后都被退了回来。

林芬急得直掉泪,王扬德问她:"妹子,真要让你到了当初你上火车的那个车站,你能认回家的路吗?"

林芬点点头说:"能,能认!"

王扬德一听林芬说"能",立刻拍着大手喊道:"妹子,能认就成! 等你伤好了,我一定想办法把你送回去!"

"真的?"林芬兴奋得眼睛里闪着亮亮的光。

王扬德说到做到,待林芬伤口结疤之后,就真的开始了送她回老家的准备。其实打小到大，王扬德最多也就只去过县城，他根本没法想象林芬老家到底离这里有多远，他"吭哧吭哧"地骑了几十里地的自行车，到县城火车站去打听，结果吓了一大跳：从县城到林芬说的那个车站，最便宜的票价，光一个人就得几百块，而且林芬说她老家还不在城里，下了火车还得坐汽车。这么多钱，到哪儿去弄啊？自己若真有这笔钱，还不早就把媳妇娶进门了？

王扬德想来想去，觉得这事儿靠自己一个人不行，于是就去找村长，村长便把大家召集拢来一起商量。

村里人听说王扬德要把林芬送回去，都说他这是犯傻，这女人除了没有脚，哪样不行啊，心又灵手又巧，留下她做媳妇多好。可村长不同意，村长说："做人就得讲个'义'字，救她回来，是救她的命，不是图她什么，她若是真心想嫁，就会真嫁过来，若是想走，你留不住她，还不如送她走。"大家听村长说得在理，也就开始热心地帮王扬德准备起来，有钱出钱，有粮出粮。

可到底村子穷，就是全村人都发动起来，钱还是不够。于是王扬德突发奇想：既然几十里外的县城可以骑车去，那最多自己人累些，那地方不也可以骑车去？王扬德把这想法一说，村里人都惊得合不上嘴，他们中的大部分人从来没有离开过家乡，想想火车开那么快，都要开好几天才能到，王扬德骑车去，猴年马月才能把林芬送到那里啊？可村长却夸王扬德有志气，说古代人凭两只脚都走过半个中国了，骑车总比走路快吧？

王扬德见村长支持自己，就认真准备起来。平时村里人家的自行车坏了，都是他琢磨着修的，于是他就邻村邻乡地到处找，捡来一辆人家丢弃的破三轮车，鼓捣了三天，整得挺像个样子。

村长特地给王扬德送来一口锅，说："扬德啊，这锅结实，把它带上，柴火到处有，我再让大伙儿给你凑些面粉什么的，林芬手巧,用它烙饼煮饭,这一路你们吃的就能对付过去。"

王扬德心细,还跑到村里最有学问的小学校长那里,细细询问这一路该怎么走最好。校长不但详详细细地给王扬德说了,还特地给了他一张地图,给了他一个指南针,说:"你只要看指南针,照着地图上我给你标出的路线一直往南走,应该不会迷路了。"

终于在一个风和日丽的早晨,王扬德用三轮车载着林芬踏上了送她回乡的路。全村人都来为他们送行,王扬德的老娘泪眼婆娑,拉着林芬的手,叮嘱的话说了一遍又一遍。林芬心里又感动又难受,想想马上就要离开这个救了自己命的好心人的家,离开这个让她一辈子都忘不了的村子,眼里的泪水"哗哗"直流。

村长对王扬德说:"你放心,家里的田,村里人会帮你看着,老娘,我会帮你照顾着,你就安心把林芬送到家!"

王扬德仔细研究过校长给他的地图,沿着公路走,整个行程将近八千里。第一天,他劲猛,除了吃饭,几乎没怎么停过,林芬让他歇歇也不肯,结果一天下来,两条腿酸痛不已,站也站不住,晚上安排好林芬的睡铺之后,他自己头一挨上枕头就鼾声如雷。瞧着他那疲惫不堪的模样,林芬心疼得直流泪。

第二天起来后,王扬德觉得双腿越发酸痛,连腰都好像要断了似的,他知道这是用力过猛的原因,但还是咬咬牙继续上路。

车子骑出没多久,林芬听王扬德喘气声越来越大,心疼地说:"哥,歇歇吧,要不,咱们回去算了!"

"那怎么行?"王扬德坚决地摇头,"妹子,你放心,哥说到做到,一定要把你送回家!"

就这样,王扬德咬紧牙关坚持着,一天又一天,一个星期又一个星期,出了山东地界,过了河南,进入湖北境内。

这时候,天气开始转暖,南方春天多雨,天气犹如小孩的脸,说变就变。这天早晨,突然而来的一场暴雨把王扬德淋了个浑身透湿，他本来就已经疲惫不堪，被雨一淋，就发起高烧来。林芬急坏了，幸亏她还懂点家乡的土药方，一看路旁不远处长着不少野柳树，于是就硬撑着爬下车，一步一步爬过去，剥了柳树皮回来，熬浓树皮汤给王扬德喝。

　　一场大病耗了五六天，王扬德终于又站起来了，林芬求他再多休息几天，王扬德摆摆手说："妹子，哥能行，咱们还是抓紧时间上路吧！"

　　但这一耽搁，加上王扬德尽管手里有地图，可南方多丘陵，水网又密集，不知不觉中还是迷了路，等转来转去终于进入湖南地界的时候，王扬德面临了一个极大的问题：出来前东拼西凑的钱这时候已经全都用光了。眼看林芬的老家近在眼前，却没法再继续上路，无奈之下，王扬德决定先打工赚钱。

　　王扬德到一个建筑工地去做搬运工，林芬也不闲着，就在工地食堂里帮忙洗洗刷刷。工友们看林芬一个挺秀气的姑娘，却没了脚，非常好奇，后来知道王扬德的义举后，个个竖拇指夸赞："好家伙，是个男人！"

　　工地上的包工头对王扬德说："朋友啊，你是个真汉子！我也是男人，不能出力，但是可以出钱！"包工头果真捐了一笔钱给王扬德。

　　工友们也有送这送那的，都是生活中用得上的实惠东西，把王扬德和林芬感动得不知说什么好。在工友们的告别声中，王扬德带着林芬踏上了最后一段回乡的路程！

　　这一路上，林芬的心狂跳不已，话也情不自禁地多了起来。王扬德心里也很激动，日夜兼程，终于在一个薄薄雾气的早晨，来到了林芬那个熟悉的村子，走进了她那熟悉的家。

　　由于时间还早，村子里显得十分静谧，林芬的父母正在院子里吃早饭，忽然听到一串车铃声，冷不防看到失踪多时的女儿被一个男人抱进来，惊得连碗都丢了，愣愣地傻站在那里。

"妈,爸——"林芬一声哭喊,张开两手要朝父母扑去。

母亲慌忙迎了上去,一看女儿没了脚,抱着她就失声痛哭。

林芬父亲把王扬德请进屋,细细询问女儿的情况,一边听一边唏嘘不已,当晓得王扬德竟然是一路骑车奔波而来,大惊之际顿然跪地,长谢不起。

林芬被送回家的消息立刻传遍了整个村子,村里人纷纷来见识这个了不起的山东人。

林芬父母拿出三千块钱,一定要答谢王扬德,王扬德想了想,只留出回家的路费,将其余的钱都退了回去。王扬德说:"我送妹子,是想把好事做到底,若是为了钱,何必这样辛苦呢?"

王扬德要回去了,林芬全家人都去车站送他。林芬依依不舍地对王扬德说:"哥,我不能拖累你啊!你回去以后一定要代我问候你娘,问候村里的人,你们都是好人,好人一定会有好报的!"

说话间,火车徐徐开动了,林芬一家人的泪水随风飞舞。

王扬德觉得鼻子酸酸的,八千里路云和月见证,他没有喊过一声苦,掉过一滴泪,然而此时此刻,他却像孩子般"呜呜"地哭了起来……

(盛柳阳)

(题图:魏忠善)

敲雪

这晚,刘小安越睡越冷,迷迷糊糊中听到屋前屋后好像响起一片惊叫声,睁开眼一看,原来天已经大亮了,外面正下着雪。

好久没见下雪了,刘小安有些兴奋,一骨碌从被窝里钻出来,小跑着跨出门,站在屋檐下看。这时候,整个世界在刘小安的眼睛里一片白,白得晃眼!看着看着,他突然发现自己父亲正站在屋对面的小路上,望着那一丛丛雪枝发呆。

刘小安知道,托着雪的是密密麻麻的树枝,每到春天,那些树枝上就会开出一堆一堆的杏花、李花、桃花,五彩缤纷,像一片花的海洋;渐渐地花谢了,青涩的果子藏在绿叶间,一天一天地长大、泛红;等到果子成熟了,父亲脸上的笑容就多起来了,父亲说,这些果子是刘小安的"书本"。

刘小安家里没有其他收入,刘小安读书全靠它。到了果子上市季节,父亲就在树下铺几床棉絮,说这样落下的果子就不会摔烂,能卖个好价钱。卖果子的钱,父亲一分也不花,全把它们存起来,刚好够付刘小安一年的学费。所以,只要刘小安目不转睛地盯着那些杏呀、李呀、桃呀的时候,父亲总是拍拍他的头说:"馋了吧?这可吃不得,它是你的书本啊!想读书吗?"刘小安点点头:"想读!""还想吃吗?"刘小安咽下口水,狠狠地摇头:"不想!"于是从此,刘小安就把那些杏呀、李呀、桃呀的,叫成书本了。

可是现在不是果树开花、结果的季节呀,父亲看着树发什么呆呢?刘小安很是不解,他朝父亲走去,踩着积雪的鞋在脚下"吱吱"直响。走到父亲跟前,刘小安不解地问:"爸,你看这树干吗?春天还早呢!"

父亲脸上露出了忧郁之色:"这雪太大了,你看,树枝被压断了好多。"

刘小安细细一看,真的,一些断枝落在地上或是横在树上,全被雪掩住了,不仔细看还看不出来。

父亲沉吟一阵,吩咐刘小安说:"回去拿根竹竿来吧!"

刘小安怔了怔,不过他一下就明白了父亲的用意,连紧跑回家,找来一根赶鸭用的长竹竿。只见父亲站在树下,把竹竿伸到枝头,轻轻地把积雪一点一点敲下来……几十棵果树,父亲整整敲了一个上午,回家的时候,他头上、脸上、身上全是雪,被体温融化了的雪水把他的衣服都弄得湿透了。刘小安连忙在屋里烧起一炉旺旺的火,父亲坐在火炉旁,身子还在瑟瑟发抖。

这天晚上,天上又下起了大雪,父亲怎么也睡不着,竖着耳朵,听着外面的风声。

母亲催父亲说:"你就睡吧!"

父亲却从炕上爬起来,说:"我得敲雪去。"

天亮后,父亲回来了,他把刘小安摇醒,高兴地说:"一根树枝也没断,你又能上学了,又有书本了。"但是父亲一边说着,一边上下牙却抖得"咯咯"直响,第二天就病倒了。

后来,冬天过去了,春天过去了,接着,夏天也过去了……这一年的杏呀、李呀、桃呀比哪一年都长得大,长得红,可父亲的病却一直不见好转。

这天,刘小安挑了两个又大又红的桃,捧到父亲跟前,说:"爸,你尝尝,好甜呢!"

父亲突然就挣扎着撑起身子,怒气冲冲地朝刘小安吼道:"谁叫你吃的? 这是你的书本哪! 你不想读书了?"

刘小安哭着说:"爸,我没吃,我只是想让你尝尝! 你种了一辈子果,却从来没有尝过一口……"

父亲叹了口气,拉过刘小安,给他擦了把眼泪,说:"好,爸尝……尝一口……"

（作者：刘靖安；推荐者：苏侠英）

（题图：安玉民）

青 春 写 真

当你意识到青春的珍贵时,它已经与你渐行渐远。呼啸而过的青春,印刻在纪念册的照片上,留存在每个人的记忆里。

美丽的长头发

下午放学后,小武和玲子一起去滑旱冰,他俩是同班同学,今年都是十四岁。小武细高个,比玲子大几个月,说话举止就像个大哥哥;玲子长得瘦小,却有一头乌黑油亮的披肩长发,奔跑的时候,那一头长发在她脑后飘呀飘,小武觉得真好看。

小武和玲子滑了一会儿,来了一帮同学,于是小武提议大家分成两组玩"转转碰"。玲子和小武分在两个组,转圆圈的时候,她笑着来碰小武,没想速度太快,两人碰了之后,玲子没能稳住身子,一下摔出去老远,一头美丽的长发全掉了下来,露出一颗光光的脑袋。同学们这才知道,原来玲子那一头飘逸的长发是假的!

玲子觉得羞愧极了,坐在地上捂着脸大哭。

同学们也全都愣住了,好一阵才反应过来,几个女同学就赶紧跑过来扶起玲子,七手八脚地从地上拾起假发套就往玲子头上戴。可谁知,忙乱中她们帮玲子把发套前后戴反了,只见一头长发从玲子前额垂下来,正好遮住了她的眼睛,玲子顿时成了一个怪物。

玲子一把扯下发套,哭着冲出滑冰场,跑进洗手间,躲在里面伤心地大哭,不管同学们怎么安慰,就是不肯出来。同学们见劝不动她,只好走了。

一直守在外面的小武这时候也不管洗手间里有没有别人,就不顾一切地冲了进去。他用衣袖替玲子揩干脸上的泪水,小心翼翼地把假发套给她戴上,然后把她拉出洗手间,轻声问她:"同学们都走了,我们俩再玩一次转转碰好吗?"

玲子木然地看着小武,点点头。

小武笑了,和玲子重新走进滑冰场,说:"好,现在你站着,我来碰你。"他说完,就猛地向后退去,然后一蹬,身子箭一般向玲子撞来,可就在要碰到玲子的刹那间,他将身子一扭,从玲子身边掠过去,"叭"一下摔在了地上。

玲子感动得直哭,她知道小武是故意摔的。

可是小武从地上爬起来,却忍住疼痛,笑着对玲子说:"你摔了一跤,我也摔了一跤,我们俩扯平了。来吧,我们接着滑。"

这天,小武陪着玲子一直滑到很晚才回家。

第二天玲子去上学,她发现许多同学都在偷偷地盯着她看,那眼光就像是在看什么怪物。课间她去上厕所,回来时看到黑板上画着一只丑陋的秃鹰,小武正在擦。玲子心里难受极了,哭着跑出教室,再也不愿回去了。

几天后,玲子转到了另一所学校。

这天放学的时候,玲子在校门口看到小武,背着书包,提着滑板,满头是汗。

小武对玲子说:"我打听了好久,才知道你转到这个学校来了。"小武清澈的眼睛看着玲子,"能晚一点回家吗? 我们一起滑冰去。"

玲子笑了,噙着眼泪点点头。

这以后,小武就常来带玲子去滑冰,去书店买学习资料,或者去美食街吃麻辣烫,玲子的笑声渐渐多了,脸色也慢慢红润起来。

放暑假的时候,妈妈把玲子带到上海一家大医院,请专家为玲子做仔细检查。专家告诉玲子妈妈说,玲子患的是一种罕见的秃发症,这其实不需要治疗,只要来了月经后,内分泌结构改变了,头发自然就会长出来的。

玲子听了专家的这个诊断结论高兴得直想哭,一回到家,她就迫不及待地给小武打电话,约好吃了晚饭见面。可谁知跑到约定地点,小武却没来,玲子一看表,才发现原来是自己性太急,来早了。

这时,天色突然变暗,刮过阵阵凉风,还打起了闷雷,眼看一场大雨就要来临,玲子不由焦急起来,伸长脖子不停地向小武来的方向张望。

忽然,她脑后的长发被人揪了一下,身后传出一个怪怪的声音:"小妞在等谁啊?"

玲子吓了一跳,转过身,只见面前站着两个染着红头发的男青年,嘴里喷着酒气,歪着头,正死死地盯着她。玲子意识到自己遇上坏人了,心一慌,拔腿要跑,一个"红头发"揪住她的长发不放,玲子用力一挣,假发套被他扯了下来

红头发猛一怔,随即大笑道:"哈哈,长发妹原来是个小尼姑啊? 好玩,好玩!"

玲子顿时又急又惊又慌,不由蹲在地上哭了起来。两个红头发上来摸摸玲子的光头,嘻嘻哈哈地拿起她的假发套就走。

就在这个时候,小武来了,一看,追上去拦住那两个红头发说:"这是我妹妹的,还给我。"

两个红头发斜着眼睛,轻蔑地看着小武,鼻子里哼了一声。小武涨红着脸,可就是不退缩,捏紧拳头,挺直了瘦小的胸膛,挡在他们前面。

一个红头发笑了:"小子,你知道爷是谁吗? 你敢管爷的事?"

小武毫不示弱:"我不管你们是谁,你还我妹妹东西来!"

"好,那就给你!"红头发飞起一脚,把小武踢倒在地。

小武还是不肯示弱,在地上打了个滚,忍着疼痛爬起来,拦在两个红头发面前,圆睁着眼睛喝道:"你们讲不讲理? 你们还我妹妹东西来!"

"哟,这小子还真有种啊!"红头发抬手对准小武又是一巴掌。

小武被打得两眼发黑,嘴里流出了血,红头发的拳脚像雨点般落在小武身上,可小武就是不肯低头,怒眼瞪着他们,不屈不挠地说:"你们还我妹妹东西来!"

鲜血不断地从小武嘴里流出来,把他的衣襟都濡湿了,两个红头发见状不禁害怕起来。这时候,天空划过一道耀眼的闪电,一个霹雳在空中猛然炸响,把地面都震得摇晃起来,两个红头发吓得"妈呀"一声大叫,终于扔下玲子的发套转身就逃。

小武擦了一把嘴上的血,拾起地上的假发套帮玲子戴在了头上。这时,暴雨夹着冰雹劈头盖脑地砸下来,小武把玲子拉到一棵梧桐树下,让玲子背靠着树干,自己弯下腰,用身体挡住枪弹般袭来的冰雹和雨柱。

一年后,玲子进入了青春期,果然如专家所言,随着内分泌结构的改变,她的头发慢慢长出来了,半年后就再不用戴假发套了。而且,就像是要弥补以前的亏欠似的,她的头发越长越密,越长越长,乌黑油亮,瀑布般飘逸在身后,不论走到哪里,都是一道亮丽的风景,吸引着众多眼球。

数年之后,玲子结婚了,丈夫是一个高大英俊的男生。新婚之夜,玲子又向丈夫提出了那个她曾经问过多次的问题:"你说,你当初为什么爱上我?"

丈夫抚着玲子的一头秀发,深情地说:"这还用问? 就因为你这一头美丽的长发呗!"

玲子突然放声大哭,身子剧烈地抽搐着。在她一生中最喜庆的时候,占据了她脑海的,却是那个在急雨和冰雹中用身体护卫着她的男孩,她的这头秀发本该属于他——就是因为那个暴风雨之夜,小武被红头发踢成重伤后,又被暴雨淋了半夜,最后送进医院,就再也没有醒来……

玲子知道,她这头美丽的长发,是一个男孩用青春的热血浇灌出来的。

(游　子)

(题图:箭　中)

无泪的天空

有个男孩,名叫金宝,自小就没了爹妈,靠吃村里的百家饭长大。十七岁那年,他随人家到乌通河畔的一个金点去,在工地上专门给大家挑水送饭,打工挣钱。每天天不亮他就要起床,晚上得等最后一批民工下工吃了饭,他的活才算完。金宝个子小,老板说干这个算是照顾他了。

这天,天已经完全黑了,金宝拖着疲惫的身子回到工棚,刚想往铺上躺一会儿,突然,一个从河南来的打工仔惊叫起来:"谁动了我的包?我的包被人翻过了!"

他这一喊,其他人就纷纷看自己的包,发觉也被人翻过了。虽说东西没发现少什么,可工棚里的气氛顿时就紧张起来,大伙儿你看我、我看你,最后不约而同地都把目光盯在了金宝身上。

可不是嘛,大伙儿白天一起干活,晚上一起睡觉,谁也没有耍过单帮,能有机会单独出入工棚的只有两个人,一个是给大家做饭的老翟头,一个就是金宝了。老翟头又瘸又拐,笨笨拙拙的没那本事,剩下的不是金宝还会是谁?

打工仔们于是一个个变得凶神恶煞起来,举起拳头说要揍扁金宝。金宝急坏了,他什么也不知道呀,可一肚子委屈没法说,吓得只好躲到老翟头那里去。

老翟头见又黑又瘦的金宝就像一只受了惊吓的小兔缩在墙角旮旯里,不由叹了口气:"唉,欺负一个孤苦伶仃的孩子,真是作孽呀!"

他对金宝说:"孩子,凑合着熬吧,熬到乌通河结冰,咱们就都回家了。"

老翟头不提还好,一提这个"家"字,金宝原本就在眼眶里打转的泪水"哗"一下就全下来了。金宝从小没爹没妈,哪里还有家啊,老翟头心里一酸,把金宝揽在了怀里。

老翟头留金宝和他一起住,可住了不到一个星期,这天那个河南仔又大叫大嚷起来,说他的手表早晨上工前忘在了铺上,可下工回来就看不见了,翻遍铺上铺下角角落落,就是没找到。河南仔咬定是金宝干的,骂骂咧咧一阵摔打之后,就气咻咻地去报告老板。

老翟头的心一下子提了起来:金宝年龄太小,涉世未深,哪对付得了老板这号心狠手辣的人?老板整天牵着一条凶猛的藏獒,在金点周围转来转去,上次有个民工的孩子拿了一点沙金回来玩,正巧被老板撞见,这民工被老板打得死去活来不说,第二天就被喝令卷铺盖走了人。

老翟头赶紧想提醒金宝几句,可不知为什么,他突然觉得金宝有意无意地老在躲他的眼光,甚至连神情也有些慌张。老翟头心里不由起了疑:莫非这孩子真干下了那事?当晚的活儿干完之后,老翟头拉过金宝,试探着问了一句:"孩子,有难处跟大伯说说?"金宝眼圈红红的,可是什么也没说,老翟头深深叹了口气。

第二天一大早,天刚蒙蒙亮,老翟头醒过来发现金宝不见了,走出伙房一看,金宝一个人悄悄蹲在伙房后面的沙地上,正入神地在看啥东西。此时已是深秋,清晨的草木山石都挂上了厚厚一层霜,金宝衣衫单薄,身子冻得瑟瑟发抖,可老翟头看到他脸上分明挂着平时少有的笑。

老翟头心里一个激灵:他是在藏偷来的手表?不行,我不能看着这孩子毁了。"金宝!"他冲着金宝的背影轻轻喊了一声,他不想把事情闹大,只要金宝认个错,他愿意出面替金宝去向那个河南仔说情。

可谁知金宝的动作比老翟头的声音还快,转手就把东西揣进怀里,站起就走,老翟头傻眼了。

一整天,老翟头没见金宝的影子,他心里七上八下地寻思着,总觉得要出事儿。果然,傍晚收工的时候,工棚那头突然传来金宝惊恐凄厉的哭喊声:"救命啊,救命啊!"

老翟头慌忙奔过去,一看,只见金宝身上满是泥沙,原本破旧的衣裤上又多了一条条新撕裂的口子,破衣片被山风一吹,露出了他身上的一道道血痕,而老板那条藏獒正伸着长长的舌头,"哈哈"地喘息着,围着金宝嗅来嗅去,似乎在寻找新的下口地方。金宝吓得抖成一团,哀哀地哭泣着,一动也不敢动。

这时候,民工们都陆陆续续从工地上回来了,大伙儿一见这情景都愣住了,那个河南仔惊出一身冷汗,连连懊悔自己干吗不直接找金宝算账而要把事情去捅给老板。

这时,只听老板"忽"一声轻喝,那条藏獒"霍"地立起,就又向金宝身上扑去。金宝吓得脸色惨白,哇哇大叫,老翟头再也看不下去了,一瘸一拐地拨开众人,朝老板走去。

老板朝老翟头眼一瞪:"这儿没你的事,你给我滚一边去!"

老翟头壮起胆子说:"老板,求求你放了他吧,他还是个孩子啊!"

老板根本不理睬老翟头,恼怒地一抡胳膊,朝藏獒高吼一声,那畜生便再一次朝金宝身上扑去,鲜红的舌头直舔金宝的脸。

金宝绝望地喊着:"我没偷啊,不是我偷的啊!我……"突然,他一个趔趄,身子重重地向后倒去,正好倒在一块三棱尖石上,锋利的石尖深深地扎进他的后脑,他哭叫声戛然而止,殷红的鲜血从他的脖子下流出,淌进他身旁的水洼,他大张着嘴,两只眼睛惊讶而又痛苦地望着天空。

空中,一群南归的大雁正飞过,发出阵阵哀鸣……

金点这地方天高皇帝远,谁也管不着,死个民工就像死只小猫小狗,所以老板一看出人命了,掉头就走;民工们自顾不暇,也跟着四散开去。

老翟头摇摇头,叹口气:"唉,这可怜的孩子!"他走过去,轻轻为金宝合上眼睛。

在替金宝整理身上的衣服时,老翟头发现他上衣口袋里有一张照片,拿出来一看,却呆住了。这是老翟头自己的"全家福",他和老婆中间,是儿子的笑脸!老翟头想起来了,当时他给金宝看这张照片的时候,金宝的眼睛就红了,指着老翟头的儿子说:"唉,这要是我该多好!"

老翟头这才恍然大悟:原来金宝一早蹲在伙房后面的沙地上,就是在看这张照片啊!这孩子,打小就连父母长什么样都不知道,他是把照片上的儿子当成他自己,想有个爹疼他,有个娘护着他呀!

老翟头把金宝埋了,第二天工钱也没要就离开了工地。

三天之后,一辆警车呼啸着开进了金点,是老翟头去报的案。老翟头一直怀疑工棚里偷鸡摸狗的事儿是老板自己干的,只是苦于拿不到证据,怕弄不好会连累自己,所以一直没敢吱声。是金宝的死,让他义无反顾地走进了公安局的大门。

经过调查,事情果然如老翟头所料,金点老板每隔几天就要到工棚里去搜查一番,一来防民工们偷沙金,二来也顺手牵羊把他看得上眼的东西拿走。河南仔的手表其实就是老板自己拿的,金宝成了他的垫背。

事情真相大白,金点老板被押上了警车。

那个丢表的河南仔在金宝坟前痛悔不已,民工们都深深地低下了头。可是这一切都已经成为过去,金宝将永远长眠在这里。

金点上空一片静寂,留给大家的,是一个沉痛的回忆……

(张晓峰)

(题图:安玉民)

单身男女顺风车

王老五，就是单身汉；钻石王老五，就是非常有钱的单身汉。找到一个钻石级的王老五，那可是眼下多少姑娘梦寐以求的事啊，这些姑娘里，就有一个叫莉莉的。

莉莉楼上就住着个帅哥王老五，每天早晚夹着个硕大的公文袋进出，一身笔挺的名牌西装。最关键的是，莉莉从来没见过他身边有异性的影子，这就使莉莉对他的评价从璞玉上升到了名钻。玉石王老五和钻石王老五，是很不一样的哦！

让莉莉激动的是，这个帅哥钻石王老五还没有架子！

那天清晨，阴雨霏霏，帅哥正好和莉莉一部电梯下楼，电梯里没有其他人，那帅哥按了按地下一层车库的按钮，状似不经意地问莉莉："下雨了，你怎么上班啊？"

莉莉一愣,说:"出西门打车呗,我每天都这样。"

"可下雨天车不好打呢,你是在地王大厦上班的?我好像在那里见过你。"

我的天哪!莉莉心里像有头小鹿在撞击似的:他居然注意过我?还知道我工作的地方?不过莉莉表面上还是装得很矜持的样子,淡淡地说:"哦,是吗?"

帅哥微笑着说:"我在发展银行大厦上班,就在你们地王大厦对面。要不,你搭我车去吧,反正顺路。"

莉莉一听,心里顿时像开了花儿似的,高兴死了。记得上个星期过生日时,自己曾经向上帝祷告,希望遇到一个钻石级的帅哥,没想现在机会真来了!

莉莉心里一高兴,嘴上就没了防线,开口道:"那好啊,又方便又环保,真是太谢谢你了。"莉莉知道,人家帅哥说得客气,再顺路,"谢谢"是一定要说的,必要的礼貌绝对不能少。

没想等来到车库一看到车,莉莉简直乐得不行了!看看,看看,帅哥连品位都和一般人不一样,人家的坐骑是"雷诺"啊!圆滚滚很狰狞的车头,圆滚滚很厚重的车身,而且是那种很经典的印第蓝色,就这些,已经足够吸引莉莉的眼球了。加上车里再坐上一对俊男靓女,好了好了,不能再形容了!再形容,别人就没法活了。

遗憾的是,帅哥这一路上就再没对莉莉开过口。一直到他把车开到发展银行大厦门口,莉莉说:"停在这边就可以了,我走天桥过去。"帅哥这才朝莉莉笑笑。

下车时,莉莉对帅哥说:"谢谢!"

几乎是与此同时,帅哥也对莉莉说了声:"谢谢!"

莉莉不由"扑哧"笑了:这人也真是的,他还用得着说什么"谢"字?

这一整天,莉莉的心情可好了,对每一个人都笑脸有加,连那不开窍的"扑克脸"上司都察觉出了点端倪,问他的秘书:"这姑娘,是不是撞上桃花运了呀?"

接下来的每一天,对莉莉来说,就是她做梦都在盼的:帅哥的车每天准点在西门外"恭候"莉莉芳驾,每每看见莉莉走来,他就欠身打开副驾驶座那一边的车门;莉莉心里暗暗得意,面上却仍旧不动声色,显出一种很淡然的样子。

一个月后,这天清晨,莉莉上车后刚坐定,正准备给帅哥一个娇媚的笑脸,谁知帅哥给她递过来一沓油票,说:"喏,这是一个月用去的百分之二十五的油票,你只坐早晨单程,所以只需负担四分之一就可以了,一共是一百零八块,如果你没有零钱,给我一百十也成,下个月我会给你扣回去的。"

听着帅哥这一席话,莉莉当场就傻眼了:敢情这些日子来,这家伙是把自己当成分担油费的拼车客了呀?虽然这种事在有车一族当中听过不少,但这么帅气的司机,这么帅气的车,明摆着有色诱的嫌疑嘛,自己怎么就这么不开眼呢?真是活该!

莉莉觉得自己当时的表情一定非常可笑——挂了一半的笑脸,眉眼之间却全是懵懂无知状。那天,连莉莉自己也不知道怎么收的场,好像是给了那帅哥钱了,好像也一样说了"谢谢",好像走进自己公司大门时,还对看门大爷递媚眼了———切犹如惯性,看来自己是刹不住车了。

唉,这事儿怪谁呢?实在是莉莉自己偏要把事情往暧昧里想嘛!

可让莉莉犯愁的是:接下来该怎么办,还坐不坐人家这"顺风车"?坐吧,好像心里很不爽;可不坐吧,似乎又透着自己太小气。

莉莉冷静下来仔细算了一下:如果打车到公司,每天车费单程就得二十五块,一个月算下来,实在也省不了多少。在钱的问题上,莉莉始终保持着清醒的头脑,她最后的决定是:坐,桃花没了,实惠还在,为什么不坐?

并且,莉莉还决定,从明天开始,她要帅哥绕一大圈,把车开到地王大厦她公司门口,她才不愿意再去爬那劳什子的过街天桥了呢。还有,从明天开始,莉莉仍旧要变回去用她的香水试用装了,她才不管那开车的家伙喜欢不喜欢呢。再有,明儿莉莉还得跟那家伙要一电话号码,这阵子自己下班挺准点,说不定还可以搭上他的顺风车回家,他不是爱做司机吗?

这么一想,莉莉高兴起来啦!

（西　西）

（题图:安玉民）

手语爱情

　　大学生活是浪漫的,但随着学生时代的结束,男女同学间曾经有过的海誓山盟,似乎都了无踪影——施伟和林倩心里都明白,施伟有施伟心里的公主,林倩有林倩心中的王子。因此毕业前夕,林倩对施伟说:"阿伟,我们好聚好散吧。"施伟一听十分坦然,他大大方方地和林倩握手,并祝她幸福。

　　其实,施伟心中的公主是一个丫头,一个傻丫头。

　　丫头平日寡言少语,从不在男生面前出风头,总爱一个人静静地坐在教室里看书写东西,所以开头的一年,除了施伟,几乎没人注意到她。施伟承认他自己是一个能疯能闹的男孩,事事爱出头,但心里喜欢的却是丫头那样沉稳的姑娘。丫头这个绰号就是施伟给起的,后来大家就这么叫开了。

丫头开始引人注意,是在大二,那年她的一首诗在校刊上发表,让大家都对她刮目相看,有人说别看她不言不语,心里不知爱着谁呢。但施伟和他那几个朋友都觉得不太可能,因为丫头跟男生说话,没有超过三句的。

后来,有意无意中,施伟和丫头的交往渐渐多了起来。文艺晚会的主持人索要台词,施伟主动跑去找丫头帮忙;班上的活动需要策划和安排,施伟又主动去征求丫头的想法。施伟发现,每次只要去找,丫头都只是点点头,算是应了,可第二天就不声不响地把文稿交给了他。

同宿舍的哥儿们觉察出了味儿,他们就为施伟和丫头安排去看一场关于爱情的电影,谁知丫头一直呆呆地坐在施伟身边,什么话也没说。

散场后,施伟对丫头说:"我送你回宿舍吧!"本来回宿舍的林阴路很长,可那天施伟却感觉好像特别短,转眼就到了,他有些不舍,对丫头说:"我走了。"

丫头朝施伟点点头,依旧一言不发。

施伟心里不免有些失落,低着头,无精打采地慢慢走回他的宿舍。

可就在这时候,丫头在背后喊了他一声:"阿伟!"

施伟惊喜地回过头去,只见丫头站在那里,朝他做了一连串奇怪的动作:先是双手点太阳穴,接着双臂交叉抱在胸前,最后又把手伸向他,然后转身跑了。施伟心里纳闷:她这是表示什么意思呢?

回到寝室,哥儿们一哄而上,嘻嘻哈哈地问施伟电影看得怎么样,施伟却什么也不说,往自己床上一倒就睡下了,大家瞧他这个样子,也就乖乖地不再吱声。

其实,这一夜施伟根本就没怎么睡,脑子里一直在想丫头分手时给他做的那几个动作。第二天下课时候,他悄悄让一位女生帮他去向丫头打听,那女生回来告诉施伟说,丫头说这是在向他表示"对不起"。

那一阵子,施伟心情很不好,而林倩就是在这个时候出现在施伟身边的。

林倩是系里有名的靓女,很浪漫,每天都约施伟一起在校园里散步,哥儿们看到了都挺羡慕施伟,说:"看,她对你多好啊!"

后来,施伟的那些哥儿们也为施伟和林倩安排去看一场关于爱情的电影。散场后,林倩挽着施伟的胳膊说:"我爱你!"施伟激动得眼泪都差点儿掉下来,紧紧抓住了林倩的手。

但即使是这样,施伟这段时候也没忘丫头,他注意到丫头还是一个人,仿佛像一个孤独的守望者。

毕业前那天,施伟在校园里和丫头面对面走过,彼此就像普通同学那样点点头。可是和丫头擦肩而过的时候,施伟发现丫头嘴动了一下,他立刻停下来,想等她说什么,可她却什么也没有说,而且也没有要停下来的意思,施伟心里空落落的。

毕业后,施伟选择了一家酒店做公关企划,成了所谓的白领,每天忙碌的工作,复杂的人际关系,压得他气都喘不过来。

一天,施伟忙完一个公益广告的文字企划,正靠在座椅上休息,内线电话响了,是和他办公室一窗之隔的部门经理打来的,这个部门经理和施伟是同一所大学毕业的,高施伟四届,是她的学姐。电话里,学姐把施伟刚刚交给她的那个企划稿批得"体无完肤",最后叮嘱他一句:"以后要注意啊,小师弟!"

挂了电话,施伟朝这个一窗之隔的学姐办公室看了看,百叶窗没下,她正朝这边望过来,施伟连忙双手点太阳穴,接着双臂交叉抱在胸前,然后又朝她伸伸手,做了一个当初丫头做过的"对不起"手语。

施伟看到学姐在朝他笑,还打电话过来说:"好你个阿伟,不愧是学文科的,居然知道中文系女生的传统手语。可你怎么说

'我爱你'呢？你该说'对不起'才是啊！"

　　施伟一听，脑子里顿时一片空白。他不知道自己是怎么回答这个学姐的，只记得当时满脑子全是丫头的身影，全是她在打那个手语："我爱你！我爱你！"他这才明白：原来那天丫头是在对他说她爱他啊！

　　丫头成了中文系最后一个用手语来表达爱情的人，这或许是她的胆怯和腼腆？抑或是以此来表达她内心的深沉？可施伟却因此而失去了爱她的机会。

　　丫头现在在哪里呢？施伟幻想着她的手语能再次出现……

（姜尚翁　供稿）

（题图：安玉民）

胖姑娘瘦姑娘

　　这是一个临近毕业的女大学生宿舍,住在里面的六个女生这些日子一直在外面找工作,每天都是早出晚归,可是一个多月过去了,谁也没有得到理想的结果。六个女生中,五个长得又白又胖,只有一个又黑又瘦,为了省事,她们彼此间就互称:大胖、二胖、三胖、四胖、五胖和黑瘦。

　　这一天和往日一样,六个女生回来时又都是垂头丧气的,互相诉说了各自的遭遇后,便早早地就上床休息了。就在这时,不知谁的手机响了,五个胖子同时去看,可又都失望极了,原来响的是睡在上铺黑瘦的手机。

　　这六个女生中,数黑瘦家最穷,她这个手机还是为了找工作新近才买的。

只听黑瘦拿起手机接听,低声说:"是我。"但刹那间,她却声音响了起来,"什么?您说什么?我成功了?这么快?谢谢!太谢谢了!"

黑瘦的声音似乎有些发颤,这让另外五个胖子心里有些失落。不知为什么,那五个胖子总觉得这宿舍里最后找到工作的应该是黑瘦,可没料她却第一个收到了喜讯,而且从她的声音判断,找到的还一定是个非常满意的工作,这让五个原本挺自信的胖子怎么能接受呢?因此,她们五个谁也不吱声,更没人去打听黑瘦找到的究竟是什么工作。

第二天早晨,黑瘦的手机又响了,只听她说:"哦,是拿书面通知吗?我今天就过去,不,不用接了,我自己过去吧。什么?你们的车已经在楼下了?那好,我收拾一下,马上下去。谢谢!"

黑瘦刚出门,五个胖子立刻像被电击了似的从床上弹起来,扑向了窗口。她们看到楼下果然停着一辆锃亮的白色小轿车,车旁站着两位男士,他们见黑瘦下楼后,上前和她握了握手,然后三个人就一起钻进车走了。

五个姑娘平时其实一直对黑瘦充满了同情心,可是此时她们心里却说不出是什么滋味。

这时,大胖开口了:"哼!村妇进城,她好狂呀!你们说说,我们该怎么办?"

三胖说:"这好办,她不是成功了吗?那就让她请我们去宴海楼撮一顿。"

二胖立刻表示赞成,还说:"平时她家困难我们照顾她,这回她成功了,说不定一个月的工资能开两桌!现在不是讲究超前消费嘛,我们可以先借钱给她,等她以后领了工资,不就还上了?"

五个人一商量,都觉得这么办好,主意打定后,她们都决定这天不出去了,就等着黑瘦回来。

快到吃中饭的时候,黑瘦果然笑眯眯地回来了,她正要和胖子们打招呼,三胖先开口了:"我说黑瘦,去年你妈住院押金不够,是谁帮你把钱凑齐的?"

黑瘦说:"是姐姐们呀!"

二胖又问:"我们头一年的住宿费,本来应该是六个人掏的,后来大家决定最困难的同学免掏,是哪一个没有出这份钱的呀?"

黑瘦说:"是我呀!"

这时大胖说话了:"是呀,黑瘦,过去你家困难,我们没少帮你,现在你成功了,我们也想沾沾你的光呀!"

还没等黑瘦答话,四胖和五胖也急着上来帮腔:"黑瘦妹妹,恭喜你,我们五个姐姐都为你的成功感到无比高兴。我们已经替你计划好了,中午咱们姐妹六个去宴海楼撮一顿,让我们也跟着你风光一回!"

黑瘦此时已经收住了笑容,她想了想,说:"好吧,我其实一直想找个机会报答姐姐们的,不过……"

没容黑瘦说下去,大胖就说:"我知道,你现在一时还没钱,我们已经替你想好了,我们可以先借给你,等你下个月拿到工资了,不愁还不了我们。你说呢?"

黑瘦没再说什么,于是六个女生便立刻下楼,打车来到宴海楼,坐定后就开始点菜。她们约定一人点一个主菜,五个胖子于是先后报上菜名,价格最低的也在五十块以上,之后大胖又加点了一份千年菌菇浓汤,最后提议为了给黑瘦庆贺,再来一瓶上等红酒。

这时黑瘦忍不住站起身来,说:"我去趟洗手间,你们先点着。"就赶紧走了出去。

三胖多了个心眼,悄悄跟在黑瘦后面。不多一会儿,她回来笑着问其他几个胖子:"你们猜,黑瘦去哪了?"

二胖说:"她不是说去洗手间的吗?"

三胖摇摇头:"她呀,其实是去对门超市了。你们不是要点红酒吗?她准是去那边买了,那边可要比这里便宜多了啊!"

几个胖子一听,立刻大笑起来。

大胖撇撇嘴说:"哼,农家女总归是农家女,就算是让她当皇后,也改不了抠门儿!"

四胖、五胖帮腔道:"绝对是抠门儿冠军!"

这时,黑瘦放在包里的手机突然响了起来,大胖让坐在旁边的二胖帮黑瘦听一听,先告诉对方,让他们过会儿再打来,二胖于是就把黑瘦的包打开,拿出手机接听起来。

可没想,就在二胖拿手机的时候,她从包里带出一张叠得四四方方的纸来,大胖顺手拿过一看,呆住了!另外几个以为大胖发现了什么秘密,也都围过来看,也全愣在那儿了!

这时,黑瘦拿着一瓶红酒回来了,见姐姐们脸上异样的表情,不知道发生了什么事,那五个胖子却一起扑上来,抱住她放声大哭起来。

大胖边哭边说:"傻妹妹,你⋯⋯你怎么不早说呢,姐姐误解你了呀!"

黑瘦见大胖手里拿着那张纸,这才明白她们的态度为什么会瞬间发生了变化。她淡淡一笑,说:"这有什么,大家快别这样!"

那么,大胖手里拿的到底是一张什么样的纸呢?

那是一张中华骨髓库的通知书,通知上说,骨髓捐献者配型成功,请准备好尽快接受骨髓移植手术。上面还说,接受骨髓捐献的,是一名白血病小患者。

（徐　洋）

（题图:安玉民）

我叫余香

苏强小心翼翼地推开花店的门，抖抖簌簌地朝里张望着。

这个花店不大，但打理得很整洁，也很有情调，鲜花一束束地插在一排排深红色的塑料桶里，花上还凝着大大小小的水珠，撒落的花瓣也集中在一处，有菊花的，有康乃馨的，尤其是那些深红色的玫瑰花瓣，一个个就像半圆形的贝壳，特别漂亮。

花店女孩打量了苏强一眼，发现他穿着很土气，蓝色的劳动布上衣，裤腿还半卷着，一看就是那种从没进过花店的人，赶紧热情地迎上去问："先生，您想选什么花？是送给亲人还是朋友？"

苏强尴尬地朝女孩笑笑，指指那一堆撒落的花瓣，说："我……我想……想要这些花瓣，买也行……"

女孩立刻点头："行,先生,那就请留下您的姓名和地址。"她一边说,一边就拿出纸和笔,把苏强的名字和地址一一记下,又问:"先生,您什么时候要,是自己来取,还是我给您送去?"

苏强赶紧把手里的塑料包递给女孩,又递上一张二十块的钞票,说:"后天中午,你把花瓣送来,行吗?到时候就请你把花瓣装在这个塑料包里送来,这二十块是……是订金,不知道够不够?我就在附近汽车场上班,不够的话,我下个星期就能补上。"

女孩笑了,连连安慰苏强说:"够了,够了,你放心吧!"她脸上的笑容就跟这花店里的花一样好看。

一听女孩这话,苏强原本一直提着的心总算放了下来。他谢过女孩,就朝店门口走去,走到门口,又转过身来,腼腆地对女孩说:"后天你可一定要来呀!"

一晃两天过去了,到了第三天中午,女孩捧着装满了各色花瓣的塑料包,按苏强留下的地址,敲响了一扇有些斑驳的红漆大门。

来开门的正是苏强,他的脸微微红了一下,对女孩说:"请进来吧!"

绕过一堵矮墙,女孩看到院子里站着一位中年妇女,五十岁上下,穿一件深红色的中式上衣。只见苏强轻轻地在她耳边说了一句:"阿姨,这就是小红。"

那中年妇女脸上立刻绽开了笑容,看着女孩说:"你好,小红,我谢谢你。苏强是个好人,你们一定会幸福的。"

女孩迷茫又疑惑地看看苏强,心想:我怎么成"小红"了?她搞不清这到底是怎么回事,所以也不知道自己该说什么好。

"阿姨,你来!"只见苏强轻轻地搀扶着中年妇女来到院中央一棵栀子树下,对中年妇女说,"你闭上眼睛。"

中年妇女很听话地就把眼睛闭上了。

苏强从女孩手里接过塑料包,又跑到院墙边去拿来一个塑料袋,里面装的全是五颜六色的千纸鹤。苏强对中年妇女说:"阿姨,你可以把眼睛睁开了!"说完,他就两只手分别把包里的花瓣和袋里的千纸鹤抓起来,往天上抛。

顿时,花色纷飞的花瓣伴着一只只折叠得十分精美的千纸鹤,在中年妇女眼前摇摇曳曳,飘飘洒洒,还带着一股淡淡的清香……

苏强附在中年妇女耳边,轻声道:"阿姨,祝你生日快乐!"

女孩被眼前这一幕深深地感动着,情不自禁地也对中年妇女轻声说了一句:"阿姨,祝你生日快乐!"

此刻,中年妇女显得很激动,眼睛里满含着泪水,使劲儿地点头,说:"快乐!快乐!谢谢你们!谢谢你们!"

女孩看到,苏强这时候竟像孩子一样地笑了。

一会儿,苏强指指女孩,对中年妇女说:"阿姨,小红还有事,要先走,就不能陪你了。"

中年妇女朝女孩轻轻点了点头,然后就一直微笑地看着她。

苏强送女孩到门口时,深深地给她鞠了一躬,说:"对不起,谢谢!"

女孩想问苏强,小红到底是怎么回事,但话到嘴边,没有出口。

一个星期后,苏强再次来到花店,要给女孩补上花瓣的钱,女孩把他递钱的手轻轻推了回去,她对苏强说:"告诉我这个故事吧!"

苏强用沉沉声音,给女孩说起了往事:"阿姨是我女朋友的母亲,她身体不太好,可能过不了今年冬天了……二十五年前,也就是阿姨举行婚礼的前几天,她丈夫,也就是我女朋友的父亲,为救一名队友,葬身在了昆仑山的峭壁下面,那时,我女朋友还在阿姨腹中……为了女儿,阿姨四处奔波,最终在一家医院当上了护士。渐渐的,女儿长大了,可不幸又来了,有一天,女儿在车祸中丧失了生命,阿姨的精神受到这么大的打击,一下子就垮了。再后来,祸不单行,她不小心又被感染上了艾滋病,身体每况愈下……你来送花的那天,是她五十岁的生日……你知道吗?她当年有一个念想,这是女朋友生前告诉我的,说她妈妈想在举行婚礼的那天,和丈夫手牵手地在如雨的花瓣中走过红地毯……噢,对不起,阿姨非要我带女朋友一起去看她……"

苏强说这些时,女孩一直静静地听着,渐渐的,眼眶湿了。

苏强说:"我忘了问你……你能告诉我吗,你叫什么名字?"

女孩笑了:"我叫余香。"

(瞿 依)

(**题图**:安玉民)

警 世 档 案

揭开尘封的档案,扑面而来的可能是触目惊心的故事,可能是不寒而栗的警醒,也可能是叹息之后的沉思……

城里有只疯狗

　　每年一到冬天,狗肉就成了老百姓的抢手货,城里最大的菜市场为此专门辟了一个"狗羊城"。狗羊城里杀狗卖肉生意做得最红火的,大家公认是个体户黄大胆。黄大胆做生意讲诚信,对送上门的狗坚决执行两条原则,即:三要,三不要。

　　三要嘛,就是要没怀孕的,刚成熟会发情的,漂亮结实的,越是好的狗他就越愿意出大价钱,这种狗往往也会很快被买主当场高价买走;至于三不要嘛,就是被小贩药倒的不要,有疯病嫌疑的不要,在铁笼里被踩死的不要,不管你是大汽车拉来的,还是小贩拿编织袋装来的,他都一视同仁。

　　黄大胆杀狗本事大,再凶的狗看到他都会吓得瑟瑟发抖,再被他那大手一摸,准俯首听命。所以他的摊位前,每天总站着那么一群人来看他杀狗,就像是大清朝在菜市口看砍人脑袋。

看客中有一个家伙,人称"豆芽菜",本来是个出租车司机,有老婆有儿子,收入不少,一家三口小日子过得挺不错,但自从豆芽菜迷上毒品之后,就渐渐变得不成个人样了,出租车被他"吸"掉不说,老婆也被他气跑了,儿子只好由年老体弱的爷爷奶奶带着,他自己则成天拖着一双烂鞋到黄大胆摊儿前闲呆着,有时帮忙打打杂,黄大胆就赏些狗肠子给他回去做菜。

这天一大早,黄大胆的铺子刚开张,生意忙得不得了,就见豆芽菜有气无力地提着一个编织袋走过来,黄大胆问他:"你提什么来了?"

豆芽菜一摇袋子,讨好地对黄大胆说:"一条土狗,是人家送给我老爸的,卖给你算了。"

黄大胆手上正忙活着,就对豆芽菜说:"你开个价,我要了。"

豆芽菜一听,急不可待地凑到黄大胆耳边低声说:"我只要你八十块,咱一手交钱、一手交货。"

黄大胆朝豆芽菜手里的狗袋子瞥一眼,发现鼓鼓囊囊的,八十块不贵呀,于是二话不说就从油腻腻的肚包里夹出三张钞票,塞到豆芽菜手里,随后把狗袋子接了,扔在墙脚。

豆芽菜拿了钞票回身就走,不过走出没多远,他又神情怪异地回头看了一眼。

这时,黄大胆正忙着跟一拨来买狗肉的客户说话,就见放在墙角的那个狗袋子突然抖动起来,把一地污泥浊水溅到了黄大胆的鼻尖上。接着,那狗袋子又在地上滚了一圈,把靠在墙角的一根打狗棍撂倒了,不偏不倚正好砸在黄大胆头上,把他戴着的狗皮帽都砸歪了。

正站在黄大胆摊前的人看到这一幕,就忍不住笑话起黄大胆来:"黄老板,这不是在给你美容了吗?"也有的说:"嘿,谁这么大胆,敢往黄老板脸上泼泥、头上动棍子啊?"

黄大胆气得一抹鼻子,居然还闻到一股腥臭味,顿时恼羞成怒,脸红得跟猴屁股似的,他早把平时开袋验收的规矩忘到脑后,一正狗皮帽,一脚把那狗袋子踢起,随即抄起打狗棍,冲着狗袋子就又狠又准地敲了下去,只听见破西瓜似的一声闷响,那红的白的浆液立刻从袋子里渗了出来。

平日里杀狗,就是满地跑的,黄大胆都一棍下去就解决问题,根本不用补棍子,可今天邪门了,那狗袋子里挨了一棍的家伙居然没断气,还在动,把污泥浊水弄得四处乱溅。黄大胆心想:这不是坏自己名声吗?于是拿过案板上的刀,隔着袋子一摸,猛地就将它直接插进去,待抽刀出来的时候,那血就"扑扑扑"地直往外喷,黄大胆这才把它扔进装满了热水的大盆里。

众人看着齐声叫好,因为这么干净利落的动作,只有在黄大胆这里才能看到。

黄大胆出了一口恶气后,就想见识一下这条凶暴的土狗,便用刀把袋子口挑开。谁想众人却看到他突然"啊"地惊叫一声,头上像被重重敲了一棍似的,一屁股跌坐在地上,手里的刀也失手掉了下去。

黄大胆的徒弟觉得奇怪,伸长脖子上去一看,立刻就吓白了脸。

众人好奇,于是都凑上去看,结果吓得腿都软了,有的人当场连连呕吐,哭爹叫娘的都有。原来,这哪是条狗,竟是一个孩子!而且不少人都认出来,这是豆芽菜的儿子豆豆。

杀狗,是政府鼓励的;杀人,可是犯罪,就得偿命啊!大伙儿禁不住七嘴八舌地说:"老天造孽啊!""豆芽菜把崽当狗卖,黄大胆,你死也要拉上他陪着!"

这时,从菜市场东头走来一对白发老人,他们正是豆芽菜的爹娘,也就是豆豆的爷爷和奶奶。两个老人一边走,一边喊:"豆豆啊!豆豆啊!"平日里,他们经常这样一路喊着寻找淘气的孙子,可今天这一声声呼喊却显得分外凄惨!大家沉默不语,立刻四下散开,卖菜的提起秤,买菜的弯下腰,都想避开老人的眼睛。

黄大胆此时已经惊醒过来,他费力地把一大盆热水倾翻,血水立时泼了一地,又将木盆倒过来,把才三岁大、手脚被绑的豆豆的尸体倒扣在盆里。他一屁股坐在盆上,喘着粗气,抖动的手摸出烟卷,又举起打火机,却怎么也打不出火来。

这时,豆豆的爷爷奶奶正一路寻了过来,看见黄大胆,奶奶亮了亮手里的香肠.说:"黄老板,生意好啊,看见豆芽菜,要他回来吃饭,今天是他崽满三岁的生日呢,我刚买了副香肠。"

黄大胆勉强撑着身子,等老人走远,他脊背一歪,屁股一软,就从盆上滑到了地上,大滴的汗和大颗的泪,一齐从他脸上掉下来,他徒弟帮他点燃了烟,他拼命吸了一大口,呛得直咳嗽。

好半天,黄大胆撑起身子,朝被冤死了的豆豆磕了三个响头,对徒弟说:"你报案吧,我要自首。"

众人这时才如梦初醒,于是报警的报警,找豆芽菜的找豆芽菜,还有人把殡仪馆的车叫来了,说要让给孩子整容后再交给老人。按说殡仪馆的工作人员什么场面都见过,可一揭开木盆,都不禁落下泪来,他们给豆豆解开绑在身上的绳索,让他闭上冤屈的双眼,把捂住嘴巴的胶带扯了,又把粘在脸上和身上的狗毛拿掉。他们的动作很轻很轻,仿佛怕惊动了孩子。

这是一个原本多么可爱的三岁不到的孩子呀,却死得这么惨,能不让人揪心吗?

没一会儿,警车呼啸而至。当着警察的面,黄大胆主动自首,交代了事情的经过,他徒弟和围观众人也都为黄大胆作证。

没隔多久,豆芽菜也在街上的一个公共厕所里被找到了,找到时,他已昏迷不醒。原来,豆芽菜一早起来毒瘾发作,看看家里再也没有值钱的东西可以拿出去典当,在疯狂的毒瘾折磨下,他就不顾一切地把主意打到了还在熟睡中的儿子豆豆身上,用胶带封住他嘴巴,用绳子把他的手和脚像狗一样分开捆绑,再用编织袋装好,提着去了菜市场。

豆芽菜知道黄大胆有杀狗前先开袋验收的习惯,想以此办法先一时骗过换了钱再说,反正只要黄大胆一开袋,就不愁他不把我儿子送回来,也就是骗他几十块钱而已。后来那八十块钱到了手,豆芽菜便全买了毒品,在一个私人诊所赊了一副一次性注射器和一小瓶稀释液。据当时正在上厕所的一个目击者说,豆芽菜一边往手臂上注射毒品,一边似笑非笑地直哼哼,可转眼就往前一栽倒在了地上,针头还在手臂上呢,针管反倒从他手上抽出了一管子黑黑的毒血……

这个"杀狗"故事当天就在城里传得沸沸扬扬,凡是听到的人,都忍不住咬牙切齿地骂:"畜生,这样的父亲真是猪狗不如啊!"

(封宇平)

(题图:刘斌昆)

超载罚款

西门桥岗亭是 312 国道进出县城的必经之地,有个值勤人员叫刘法宽,人称"刘罚款",他仗着手中有点权,老是随心所欲地对过往司机想怎么罚就怎么罚。

这天,一辆油罐车经过西门桥,被刘罚款拦了下来。

刘罚款原以为司机会赶快下车,对他点头哈腰地递烟招呼,没想那司机却稳坐在驾驶室里,不耐烦地问他:"什么事?"

刘罚款心里那个气呀:还没见过这么和我说话的司机呢!他铁青着脸,咬着牙嘀咕一句:"好小子,看我怎么收拾你!"

刘罚款围着这司机的油罐车转了一圈,实在挑不出什么毛病,便问他:"车上装的什么?"

那司机朝他一撇嘴,说:"柴油。"

"多少？"

"三吨。"

"胡说，起码有三吨半。掏钱吧，超载罚款！"

司机想争辩，刘罚款朝他一瞪眼："听你的还是听我的？"

没办法，司机只好问："罚多少？"

刘罚款伸出两个指头晃了晃。

司机说："二十？"

刘罚款鼻子一哼："呸，亏你说得出口，二千！"

"啊，这么多？"司机愣住了，"能不能少罚点？"

刘罚款朝他一白眼："你当这是做买卖呀？告诉你，我这是执法，一个子儿也不能少！"

司机翻遍了衣兜，叹口气说："我身上没带那么多钱，怎么办？"

刘罚款得意地笑了："没钱就扣车！"

司机只得按刘罚款的意思，很不情愿地把油罐车开进办公大院，第二天来交了罚款，才换回一张由刘罚款签字的超载罚款单。

随后，司机就从刘罚款手里要回车钥匙，绕着油罐车转了一圈，把油罐上的阀门打开一点，没见有油流出来，便朝刘罚款嚷嚷起来："不对呀，油罐里怎么没油了？"

刘罚款过来一看，见果真滴油不出，他觉得很奇怪，对司机说："我可没动过你的油！"因为搞不清是咋回事，他不禁有点慌神。

司机这下嗓门响了："你真没动过？那三吨——不，三吨半的油到哪去了？"

司机这一喊，就引来一堆人看热闹。

仗着这里是自己的地盘，刘罚款口气挺硬："你别耍赖，这车本来就是空的！"

"空的？空的你怎么会对我超载罚款?"司机据理力争,还用力扬了扬手中那张刘罚款开给他的超载罚款单。

这下,刘罚款是有一百张嘴也说不清了。

司机撂下油罐车,气哼哼地直往外走,走到门口的时候,他回头朝刘罚款喊了一句:"我要到法院去告你!"

此事传得很快,本地一家报纸还专门做了报道,领导也非常重视,立刻派人下来调查。

正当大家翘首以待此事如何了断的时候,有消息说,那个司机不告了,还说那天油罐车确实是空的,他这样做,只不过是为了教训一下刘罚款。

果真,打这以后,经过西门桥的司机就再也没见刘罚款乱罚款了。

（邹吉庆）

（题图:王申生）

小偷还枪

新城小区最近接连发生偷窃案，一案未破一案又起，新闻频频报道，公安部门压力重重，领导要求小区派出所尽快破案。

派出所所长是一个刚到任不久的年轻人，他根据档案，把本区近年来有小偷劣迹的人进行了摸排，觉得有两个人嫌疑特别大，他们一个叫黑二，另一个叫李三。为了进一步摸清情况，年轻的所长就找上门去，多次找这两人谈话。

可这一找，两家人就都叫苦不迭起来，因为黑二和李三以前确实干了不少偷鸡摸狗的事，可现在都已经金盆洗手、改邪归正了。李三还谈上了对象，现在所长寻上门，那对象怀疑李三贼性不改，就断然和他分手，李三很是气愤，把气都撒在所长身上。那黑二被父母痛骂一顿之后，也对所长有意见，所以两人一商量,就决定给所长一点颜色看看。

于是当天夜里,黑二和李三就攀墙跳进了所长家,所长刚外出回来,正在卫生间洗澡,他们便将所长放在桌上的公文包给偷走了。可没想,两人拿了包跑回黑二家,打开一看,却吓傻了:包里有一把亮锃锃的手枪。原本只想偷个包教训教训所长,想不到竟偷出这事儿来了!

黑二怕事情弄大了不好收场,提出还是赶快把枪去还了。

李三胆大,他理了理头绪,对黑二说:"你说得倒轻松,你知道这去一还说明什么吗?所长已经怀疑小区那几宗案子都和咱们沾上了,现在还回去,不是自己打自己嘴巴吗?还有,偷枪罪非同小可,可咱又不是故意要去偷这玩意儿。现在既然拿来了,我看不如就先让它放着,索性让所长头痛几天再说,我看他还能把我们怎么样?"

两人经过商议,决定把枪放在黑二家的小阁楼上。分别时,李三对黑二说,为了避免被人怀疑,这几天没有特殊情况,就不要见面了,还和黑二商量了万一被派出所叫去问话,该怎么回答,等等。

果然接下来的几天,派出所里热闹得很,上头前前后后来了不少人,对所长家里里外外进行全面搜查。眼看外面找枪的风声越来越紧,这天上午,黑二听见屋顶上"啪"一声响,有人在扔小石头,这是李三和他约定的联系暗号,黑二立即打开半边窗户,让李三进了屋。

李三神色慌张地对黑二说:"枪的事要弄大了,我想将枪还回去,免得天天心惊胆战的。"

黑二立刻点头:"咱们现在就去还了吧!"

李三说:"你真傻,哪能这样公开去还?偷枪罪大着呢,咱们得神不知、鬼不觉地还,我已经想好了一个还枪的办法……"他把自己想出的主意如此这般对黑二说了一遍。

第二天凌晨,黑二和李三悄悄来到派出所附近的一条土路上,两人将所长的公文包和枪挂在路旁树上,然后就躲进了暗处。李三对黑二说,枪如果落在坏人手里,弄出人命案,咱们是罪上加罪,所以得在这儿盯着,看看是谁拿了,到时候就走出去装作是偶然撞见的样子,来个见证,逼着拿枪的人把枪送回派出所去。

两人如意算盘是打得不错,可是等啊等,等到天都大亮了,还没见一个人影。

就在两人着慌的时候,突然,黑二碰碰李三,低声说:"有人来了!"一看,来的是两个小孩,背着书包,是去上学的,他们只顾低着头走路,正好走到跟前的时候,一个说:"我想屙屎。"另一个说:"我也想屙。"结果两个小家伙就地蹲下来,拉下的屎将掉在地上的树叶打得"沙沙"响。黑二和李三很想两个孩子拉屎时能抬起头来,只要抬头,就能看到挂在树上的枪和包,可偏偏这两个小家伙就是不抬头,屙完了就要继续上路。

黑二等不及了,随手从地上捡起一块小石头,想往树上丢,引两个孩子朝树上看。李三急得一把抓住他的手,低声制止说:"丢不得!这小石头会给公安留下破案线索的。"

两个小孩走了,接着又有三个农民先后挑菜路过这里,农民肩上挑着东西,只顾赶路,根本就不朝树上看。眼看着时间一分一秒地过去,两人发现不远处又有人在走动,李三怕被人发现,把挂在树上的枪和公文包拿下来,拉了黑二就走。

黑二说:"我看咱们再摸进所长家,把枪还回去,这样倒省了许多麻烦。"

李三摇头反对,说:"所长家现在肯定已经有了防范,我们再进去,怕就出不来了。"

黑二想了想,又说:"要不,咱们把枪放在一个地方,然后打个电话告诉他,让他自己去拿。"

李三还是反对："那更不行,电话号码很容易被查出来的。"

这不行,那不行,那咋办呢? 两人为了这支枪,真是上天无路、入地无门。

这天,黑二和李三在某小学对面的茶馆里喝茶,看到学校篮球场上同学们正在打篮球,李三眼珠子一转,拍手叫道："有办法了!"

第二天凌晨,学校四周还黑乎乎的,就见有两个黑影,手里拿着一根长竹竿,往篮球架上挂东西,然后就迅速到球场西边的茅草丛里躲了起来。大约一个小时以后,天大亮了,学校篮球队的同学开始早锻炼了,突然就听到有同学惊叫起来："枪……枪,篮球架上有把枪!"

很快,篮球架下就围满了同学和老师。

蹲在茅草丛里的李三和黑二看着这一幕得意地笑了。昨天,李三看到学生在篮球场上打球,便计上心来,他想:球场附近没有人来往,夜里去放枪很安全;早上学生早锻炼,只要一扔球,放在篮球架上的枪马上就会被发现;而且同学们叽叽喳喳一围上来,还会把他们留在地上的脚印消除掉。这样还枪,万无一失!

李三此时扯了扯黑二,说："走,今晚咱们可以睡个安稳觉了!"

从此,李三和黑二再也不敢干偷鸡摸狗的事了。

(吴思强)

(题图:魏忠善)

精心策划

张平新婚不久，就独自去一个沿海城市打工，在和平路42号租下一间房子，作为落脚之处。和平路是城乡结合部的一条老街，42号里一共住了十一户人家，他们共用一个门牌号。

张平每天早出晚归，干活很卖力，但一天深夜张平喝酒喝得找不着北，42号里的一溜平房看上去都差不多，他半夜三更回家竟摸错了门，摸到女房东欧小雨那里去了。

欧小雨和丈夫离了婚，一个人住，她刚把门一打开，张平就一把将她搂住了，一个是徐娘半老的过来人，一个是新婚不久现在却独居一室的年轻男子，于是在欧小雨半推半就之后就成了事，而且这以后他们俩就收不住了，多次偷偷摸摸地搅在一起。

可没想欧小雨后来竟存了要和张平谈婚论嫁之心，张平不乐意了。张平觉得自己虽然是一个打工仔,但现在已经混到了部门经理的位子,家里的娇妻也是乡里一枝花,而欧小雨不过就是发廊老板一个,又比张平大十来岁,他怎会自贬身价和这么个女人做夫妻?要喝牛奶,也不用把奶牛牵回家吧?

张平一次次推脱,还好几次塞钱给欧小雨,可欧小雨都不依不饶,还以张平那天晚上丢下的一条内裤作为证据,要挟张平说不结婚就以强奸罪告他。张平恨得咬牙切齿,他想除掉欧小雨。

这天,张平正在和弟兄们喝酒,手机响了,他一看来电显示,是欧小雨打来的,就连忙放下酒杯,来到门外接听。他对手机那一头说:"小雨呀,我正在吃饭呢……坏了?先把总阀门关了,明早我再给你换,就这样。"那边欧小雨还在絮絮叨叨地说着,这边张平一下就把手机关上了,心里骂道:"臭娘们,最好被淹死!"

其实,欧小雨是因为家里的水龙头坏了,漏水不止,她让张平去看看,可张平直到晚上将近十二点才回家。走进42号院里,他见欧小雨家窗户紧闭,里面漆黑一团,确定她已经睡了,这才悄悄进了自己的屋。

因为喝了酒,张平口渴得厉害,想喝水,提起暖水瓶摇摇,里面空空的,他便来到厨房,打着了火头,把水壶放到水龙头下准备放水,谁知水龙头只滴了两三滴水出来,接着就是隐隐的空气回声,张平这才反应过来:欧小雨家的水龙头坏了,是自己在电话里叫她先把总阀门关了的,咋一转身自己反给忘了?

张平恨恨地扔掉水壶,骂骂咧咧道:"断水,断水,哼,干吗不断气呢?"但是当他看着眼前的水管和煤气管时,脑子里突然灵光一闪!他跑到院子里一看,见各家的窗户里都是黑洞洞的,寂静无声,于是就又回进厨房,找出一根塑料软管,把煤气管口和自来水管的水龙头联在一起,拧开了阀门。他断定,如果不出意外,他家管道里的煤气,这时候应该顺着空自来水管,畅通无阻地进入欧小雨家了。

　　但是，张平忽然又把阀门拧紧了。倒不是临时改变了主意，而是他想到了一个问题：这院子里所有人家的自来水管全是通的，现在总阀门虽然关了，但万一哪家厨房里的阀门开着，那煤气岂不是也要进入到那家去，自己这不是在滥杀无辜吗？还有，欧小雨家的水龙头此刻到底是关着还是开着呢？

　　张平犹豫了一会儿，最后还是让杀欧小雨的恶念占了上风，他决定孤注一掷，于是便去打开院子里那个自来水管的总阀门，他这是要试一试，听听谁家的水龙头没关。

　　张平竖起耳朵，仔细地听着，在这寂静的深夜，只有欧小雨家的水管里传来"滴滴答答"的流水声，特别清晰，其他人家的水管里都鸦雀无声。这下张平放心了，他重新把总阀门关好，回到自己屋里，把各个细节又琢磨了一遍，确定万无一失后，这才再次去把煤气阀门拧开，听着煤气在管道里奔走的"咝咝"声，脸上露出了阴冷的一笑。

　　随后，张平就出了门，站在门口仔细听了一会儿，见没有什么异常情况，便掏出手机，故意大叫："王胖子啊，好，我过来，马上！一会儿去吃宵夜！"

　　张平这话刚落音，就听传来邻居赵婶的声音："我说张平，你知不知道现在几点了？轻点儿声好吗？别把我家小胖吵醒。"

　　张平就装模作样地连连给赵婶赔不是："是是是……哎，赵婶，我出去玩去了，对不起，真是太对不起了！"

　　张平这是在给自己制造"不在现场"的证据，随后，他就一路赶去敲开王胖子家的门，又叫来几个朋友，一起玩起了麻将。中途，张平找了个借口溜出门，在巷口的 IC 电话机上拨一个欧小雨家的电话号码，听筒里振铃声一下接一下地响，就是没人接，最终自动断了线，张平脸上露出了得意的笑，舒了一口气，又快步回到王胖子屋里，一直玩到凌晨四点才回家。

　　走进院子，院里静悄悄的，和往常没有什么两样，张平悄悄走进厨房,把煤气阀门和水龙头都关了,把那根塑料软管拔下来,卷成一圈收拾好,又仔细地前后左右看了一遍,觉得再没有什么可疑之处了,才到自己屋里倒在了床上……

张平尽管很困,但他不能睡,因为还有一个细节没有处理好,那就是欧小雨家的煤气开关现在是关着的,这怎么会使人中毒?这是一个很大的漏洞,他必须等待时机,适时出手,把这个细节处理好,这样,就算警方怀疑欧小雨是他杀,也不关他的事,反正他有在欧小雨死亡时候不在现场的证据。

张平不停地抽烟,打起精神等待着。五点半光景,天还没亮,张平将身子隐在门后,一边往门外张望,一边竖起耳朵听院子里的动静。最先是赵婶家里的灯"啪嗒"亮了,一会儿赵叔走出屋,去开院里自来水的总闸门,这以后,有几户人家也先后亮起了灯,随后去厨房漱洗、烧水、烧早饭……

大约半个小时后,有人发现欧小雨屋里有水直往外漫,大叫起来,可上去敲门却没人应声。邻居越聚越多,大伙觉得情况有疑,为防意外,商量了一下,就决定撞门。

这时张平也挤在人群里,门一撞开,一股煤气味扑鼻而来,张平于是第一个就冲了进去,嘴里叫着"快关掉煤气",就直奔厨房,把煤气关了。欧小雨家的煤气开关其实本来就是关着的,被张平这么一关,他担心的最后一个细节就这么天衣无缝地被处理好了。

紧接着,有人打了110和120,几分钟后,警车和救护车都赶到了,欧小雨其实早就断气了,这是邻居们想不到的,而恰恰是张平心里最盼望的。

下午,有两个警察把张平叫去了派出所,说是协助调查,他们拿出了纸和笔……

（夏　刚）

（题图：王申生）

螳螂捕蝉

　　一天,在一个小山村里发生了一起不幸事件:两个小孩玩扎蚂蚁的游戏,六岁男孩于为国不小心用锥子扎着五岁女孩文秀丽的右眼,因为扎得太深,文秀丽被大人们送去县医院抢救,但最终右眼还是没能保住,瞎了。

　　文家和于家是邻居,平时两家相处挺好,现在出了这档子事,咋收场?村里的老人、村干部和双方家人坐在一起商议,最终决定:文家也不要于家赔钱了,等孩子们长大,让于为国娶了文秀丽就是。于是双方签字画押,为这两个孩子定了娃娃亲。

　　山里穷,文秀丽瞎了一只眼,加上又是个女孩子,所以勉强读完小学之后就没再继续上学,早早地就在家里帮大人干活了。而于为国却是块读书的料,在学校里成绩一直拔尖,历经数年寒窗之苦,到高考时竟金榜题名,成绩在整个县里都是数一数二的。

村里人于是都说,于为国不会再要文秀丽了。

于家父母倒是实心眼儿,觉得说定了的事不能反悔,否则对不起文家,于是就决定先把婚事给孩子们办了,年龄不到领不到结婚证,就先圆房,等岁数到了再补证。这在乡下是常有的事,于家就选了个日子请客摆席,吹吹打打热闹了一天,晚上把小两口送进了洞房。

夜深人静之时,闹房的人已经散去,文秀丽坐在床上,紧张而又害羞地等待着,母亲按照习俗,已经告诉过她新婚之夜将会发生什么,但她左等右等,于为国却枯坐一旁,碰也不碰她。

过了一会儿,文秀丽听到婆婆在窗外故意大声地咳嗽,那意思是催儿子早点安歇,于为国于是就冷冰冰地关灯上床,和衣面壁而卧,一会儿就打起了呼噜。这时候,文秀丽独自坐在黑暗里,只好悄悄地流泪,她心里明白:正是这只瞎了的右眼,就像没牙老太太瘪了的嘴,让自己变得很难看……

天之骄子的于为国,其实早就看不上文秀丽了。

大三那年,于为国念的大学对面新开了一家小小的"方静发廊",于为国去理发时,第一次看到方静,就被她的美貌震惊了,后来方静告诉他,她考大学只差几分没考上,心里觉得非常遗憾,既然圆不成大学梦,就决定来这里开个发廊,能每天看着这个学校,为大学生理理发也好。方静淡淡地说着自己的经历,可是于为国已经深深地被她吸引住了,从此三天两头就往这里跑。

一天晚上,于为国邀方静一起去吃饭,饭后还看了一场电影,可就这么一吃一看,足足花去了于为国三个月的生活费。于为国没钱老请方静出去玩,后来就只好邀她在校园里散步。方静这时候已经从侧面打听到于为国的老家很穷,有一次就直截了当对他说:"你以后别来找我了,咱们不合适,你养不活我的。"

说完,她转身就走了。

于为国当时就傻掉了,就像所有初恋中人一样,他认为自己已经不能没有对方了,他发誓无论如何也要得到方静。可要想得到方静,就必须有钱,他上哪去弄钱去?

经过一番苦思冥想,一个邪恶的念头在于为国的脑子里闪过,他于是苦苦恳求方静再给他一个机会,并把他打算实施的计划全盘托出。也许是因为钱的诱惑,也许是因为方静看到这个男人因为爱自己而肯去冒如此大的风险,她被感动了,这天晚上以身相许,把于为国留宿在了发廊里。

接下去正好放节日长假,于为国回了趟老家,当晚便要了文秀丽。名义上,于为国和文秀丽早已圆房三年,但这晚文秀丽才第一次尝到做女人的滋味,她哭着告诉于为国说,她晓得自己配不上他,她也没指望要陪他一辈子,只要她能生个儿子,她就守着儿子过一辈子,给于为国自由,放他去闯天下。

于为国听了文秀丽这番话心里也不免感动,但一想到城里那个如花似玉的方静,他还是狠下了心肠,决定照自己的计划做下去。

第二天,于为国去县城找了一位保险公司的业务员,为文秀丽办人身意外保险,受益人当然是他于为国了。文秀丽什么也不懂,只以为于为国这是为她好,就欢欢喜喜地在合同上签了字。她根本不会想到,这笔交保险的钱,竟然会是另外一个她完全不认识的女人出的,于为国哪里有钱? 这是方静的钱。过后,于为国就急着回城里去了。

一个月之后,这天,方静告诉于为国说她怀孕了,还把化验单拿给于为国看。方静说,她心里都打好谱了,让于为国跟她一起回老家去,方静有个哥哥在当地是个搞人事的干部,让他给于为国找个工作,然后他们就把结婚的事儿办了。她同时也暗示于为国,是到了可以按计划采取行动的时候了。

于为国于是就又回自己老家去了,巧的是文秀丽也告诉他说,她怀孕了。可此时于为国觉得他已经是"开弓没有回头箭"了,为了自己和方静的未来,他决定一条道走到黑。

第二天早饭后,于为国拉着文秀丽去散步,说是怀孕的女人应该多走走山路,活动活动,这样对未来的宝宝有好处。路上有人打招呼问他们干什么去,当听于为国说去散步,人家就笑话他:"念了几年大学,会整洋事儿了?"

于为国带着文秀丽,一路说着话,一路就往山上走,走到一处悬崖边,于为国瞅瞅四下没人,就装作指点风景的样子让文秀丽看,趁文秀丽不留神,一下就把她推下了悬崖。文秀丽尖叫着坠下崖去,于为国便绕道下山去看,确认文秀丽已经摔死,这才抱起她大哭大喊地跑回村里去。

文秀丽坠崖的噩耗迅速传遍全村,村里人一边劝慰哭得死去活来的于为国,一边抹泪为文秀丽叹息:苦熬了这么多年,好不容易男人大学毕业,要跟着进城享福了,却……

文秀丽的死亡保险金不久就赔付下来,一共是二十万,于为国给双方父母各留了二万,带上剩余的十六万,他要回城去了。临行前,他跪在四个老人面前,发誓赌咒道:"从今往后,我于为国挣的每一分钱,有我亲爹亲娘一份,就有我岳丈岳母一份。我若是不为岳丈岳母养老送终,就不得好死!"

村里人看着这一幕无不动容,都夸于为国是一个不忘本的孝子。

于为国回城后,一切都按预定的计划进行,他和方静很快就登上了开往方静老家的火车,他心里充满了对新生活的期待。可能是多日的疲惫,于为国在火车上很快就睡着了,直到第二天天蒙蒙亮时才醒过来,一瞧身边,坐着个陌生汉子,方静呢?坐在他对面的一位旅客说,这个女的半夜就在一个小站下车了。

天啊,那十六万块钱都在方静那儿呢!于为国急得捶胸顿足,狂吼大叫。

突然,于为国看到在靠窗的茶几上有一张纸条,拿过来一看,是方静的笔迹,上面写了一行字:你看不起瞎了一只眼的文秀丽,我就看得起从穷山沟里出来的你吗?

于为国傻眼了,顿时就跌坐在了座椅上。半晌,他忽然狂笑起来,他恨自己糊涂呀,怎么就相信了这个女人的话呢?她要真有个能帮忙介绍工作的哥哥,那怎么会先不帮自己妹妹找个好工作呢?他越想越觉得自己简直就是一个白痴,站起身来,拉开车窗,一头就从窗里跳了出去……

当地报纸上很快就发出一条新闻:今日凌晨,139 次列车途经本地时,一男子跳车身亡。警方在该男子在车上喝的饮料里发现有安眠药成分。目前警方正在积极破案,寻找和该男子同行的那个半道下车的孕妇……

几乎是与此同时,在一个边陲小镇,方静已经从假证贩子手里接过了一个名叫崔雯雯的新身份证,在一家小旅馆里住了下来。方静其实并不叫方静,也不叫崔雯雯,她的真名叫汪甜甜。她也没有怀孕,只不过是想赶紧去医院做个小小的处女膜再造手术,做完之后她就准备回老家去,以冰清玉洁的女孩身份,和她青梅竹马的阿祥哥结婚,然后两个人一起把阿祥开的小饭店经营好,正正经经过甜甜蜜蜜的小日子……

(老　三)

(题图:黄全昌)

探 索 真 相

用耳朵不一定能分辨真话与假话,用眼睛不一定能看清真相与假象,唯有纯洁的心灵能够探索到真实。

情系山河屯

　　黄经理二十五年前曾在山河屯插队落户,回城后虽说现在事业有成、家境富裕,但他怎么也忘不了自己在山河屯欠下的一笔债。当年没法还,现在该还了,所以黄经理特地挑了个好日子,开着一辆白色"桑塔纳",去了山河屯。

　　那么,黄经理这次回山河屯到底要办什么事呢?三件事!第一件,他要重谢当年曾救过他命的王大爷,没有王大爷,哪有他今天;第二件,他想看看他通过"希望工程"资助的那个失学女孩,听说女孩学习非常刻苦;第三件,也是最重要的一件,他一定要找到当年自己捡到的那三十块钱的失主,他要百倍还钱,彻底去掉折磨了自己多年的心病。

　　黄经理一进村,就去找村主任,村主任是个不到三十岁的年轻人,黄经理当年在山河屯插队的时候,他还是个穿开裆裤的鼻涕娃。

村主任早已经不认识黄经理了,可他却分外热情地迎上来,握着黄经理的手说:"欢迎欢迎,欢迎你到咱们山河屯来!"村主任这是把黄经理当成来屯里投资办厂的老板啦!

黄经理笑了,递上自己的名片,说:"我是当年在屯里插过队的知青,今天来,是想请你帮忙办几件事。"

村主任一听是当年的知青,就更热情了,说:"嘿呀,那还客气什么呀,有啥事要我帮忙,尽管说!"

黄经理把三件事逐个说了一遍,村主任一听,脸上露出了为难之色。他对黄经理说:"前两件事没问题,老王头现在还在山上放羊,那女孩到学校去一查就知道。可这第三件事就难办啦,都这么多年了,再说也只是丢了三十块钱,谁还老记着它啊?"

黄经理急了:"不不不,三十块钱今天是不算什么,可在二十五年前就不同啦,那时候屯里一个劳力一天才挣八分钱,你想想,这三十块钱能是个小数目吗?"

黄经理点点头,说:"行,就按你说的,咱们先去学校。"

一路上,村主任不停地指东指西,给黄经理介绍屯里的变化,也饶有兴致地问黄经理以前插队时的生活。两人聊着聊着,聊到那三十块钱的时候,村主任不解地问黄经理:"事情都过去这么久了,你为啥还非要打听当年丢钱的人呢?"

黄经理看了年轻的村主任一眼,重重地叹了口气,给他说起了发生在当年的故事……

那年月,山河屯里的知青谁不想早一天回城?可回城的指标都掌握在公社和大队干部的手里,为了达到目的,知青们就千方百计给那些干部送礼。可黄经理的父母当时都在"劳动改造",黄经理身单力薄,个子长得又矮小,屯里人都叫他"小黄毛",他当时一天只挣半个劳力四分钱的工分,能拿得出什么钱来送礼呢？黄经理为此心里很苦闷。

这天，屯里派黄经理下山去挑化肥，他正在盘山公路上走着，突然看见路边有一个小布包，拣起打开一看，里面竟是三张十块钱的钞票。有这笔钱，送礼就不成问题了，黄经理当时高兴得心都快跳到嗓子眼儿了，看看四周没人，就把钱揣进了兜里。

可不知是太高兴还是太慌张，黄经理这时候没留神，脚下一滑就滚下了山坡，他这一下摔得不轻，醒来的时候已经躺在公社卫生院的病床上了。但当时，黄经理根本就没顾及自己摔得怎么样，首先想到的就是兜里的钱，可是一摸空空的，一定是滚下山坡时掉了，黄经理沮丧极了，可又不能说，只好蒙着被子偷偷大哭一场……

村主任听黄经理说到这里，就猜测说："你说老王头救了你的命，莫非就是他送你去的医院？"

"是啊！"黄经理不住地点头，"山里那么大，要不是老王头，我滚到那旮旯儿地方谁知道？我这条命就是被他给救回来的！"

说话间，两人走进了学校，村主任把黄经理要找女孩的事儿对校长如此这般一说，校长就把那女孩叫来了。女孩一见黄经理就哭，说："黄叔叔，谢谢你！没有你资助，我这辈子恐怕再也不能继续上学读书了……"

黄经理感慨地抚着女孩的头，说："山河屯的人对叔叔有恩，帮助山河屯人的后代是叔叔应该做的。叔叔知道你学习非常刻苦，你放心，叔叔会一直资助你把大学读完，你可要坚持下去啊！"

村主任告诉黄经理，女孩家是特困户，她父亲已经瘫痪五六年了，母亲去年不幸又被拖拉机撞伤。黄经理一听村主任介绍，立刻要去女孩家看看，村主任便陪他来到女孩家里。

在破旧的草屋里，黄经理见到了女孩的父亲，原来就是当年那个调皮的二顺子。黄经理一把抓住二顺子的手，动情地说：

"顺子哥,我就是当年的知青小黄毛啊,你还认得我吗?"

谁知二顺子一听"小黄毛"三个字,顿时像被电击了一般,身子一震,眼泪"哗哗"就流了下来。他一边哭一边说:"小黄毛,我不是人,我不是人啊!"

村主任傻了眼,不知是怎么回事,连忙劝他:"顺子叔,别急,有话慢慢说……"

二顺子抽抽搭搭地说:"小黄毛,我对不住你啊,那回我在山上砍柴,看见你从崖上摔下来,本想送你去医院的,可无意中发现你兜里有三十块钱,我……我心一横,就趁你还没醒过来,拿了这钱就个儿溜了……"

黄经理完全没有想到后来的事情竟是这个样子,但惊诧过后还是赶紧劝慰说:"顺子哥,事情都过去这么多年了,再说我现在不是好好儿地活着吗?你也用不着难过了。我倒是想问问你呢,你知不知道当时屯里有人丢过三十块钱没有?"

二顺子愣住了:"这三十块钱不是你的?"

黄经理认真地点点头,说:"这钱我当时也是刚捡到的呢。"

二顺子看着黄经理,叹了口气,说:"小黄毛,不瞒你说,那天我一拿到钱就慌慌张张地往家跑,一路上摔了好几个跟头,结果回到家里一摸兜,那三十块钱也不见了。"

黄经理听到这里简直惊呆了:"这么说,你也把那钱弄丢了?那你后来没打听这钱去了哪里,谁又丢过这钱了?"

二顺子哭丧着脸说:"当时我哪还敢去打听呀?"

事情没聊出个结果,黄经理只好作罢,他好言安慰了二顺子一番,又掏遍身上所有的兜,坚持一定要把这些钱留给二顺子,随后才跟着村主任去山上找正在放羊的老王头。

远远地,黄经理就看到了记忆中那个熟悉的身影,他大步跑上去,紧紧抓住老王头的手,激动地说:"王大爷,我就是当年你救起的小黄毛啊,我看你来了!"

　　老王头眯着眼,端详着黄经理,嘴里不住地说:"嗯,嗯,没咋变样……"

　　黄经理的眼眶湿了,对老王头说:"王大爷,当年要不是你救了我,哪还有我今天哇!"

　　老王头眨眨眼睛,笑着感叹道:"要说那天的事儿呀,我还得感谢你哪!你知道吗?那天不知怎么搞的,我把屯里卖羊的三十块钱给丢了,一路都没找到,心里真是急得火烧火燎。可巧就在这时候,我看到你摔昏在那儿,我想人命总比钱要紧吧,于是钱也不找了,背起你就跑。谁知巧了,刚跑了几步,嘿,就看见前面不远处的一丛灌木里挂着个钱包,不就是我那装钱的包嘛!我当时还挺纳闷:我明明走的是公路,要丢钱也该是丢在公路上,咋钱包就挂这儿了呢……"

　　性急的村主任听到这里已经耐不住了,急着追问:"这么说,那三十块钱是你丢的?是屯里的钱?"

　　老王头笑着说:"是啊,就是屯里那卖羊的钱啊!"

　　村主任立刻哈哈大笑起来:"原来是这么回事啊!"他把黄经理、二顺子和老王头那天前前后后的事情串起来,如此这般对老王头说了一遍。

　　老王头听呆了:"这么巧?怎么会这么巧?有意思,哈哈……真有意思!"

　　黄经理离开山河屯的时候,拿出三千块钱来,一定要作为对老王头救命之恩的感谢。可老王头说啥也不收:"我一个无儿无女的孤老头子,要这么多钱有啥用?"

　　三十块钱的故事,就这么戏剧性地结束了。后来,黄经理在山河屯投资办了一个果汁厂,据说效益还相当不错呢!

　　　　　　　　　　　　　　　　　　　　　　(崔新三)

　　　　　　　　　　　　　　　　　　　(题图:箭　中)

叼来横财

李小豆买来一条哈巴狗，还给它取名叫"黛安娜"。

黛安娜长得很俊丽，谁见了都喜欢，可不料这年年底李小豆下岗了，手头一拮据，黛安娜吃得每况愈下，没多久就变得整天蔫头耷脑的，李小豆心疼极了。李小豆决定要尽快去找一份工作，赚钱来改善自己和黛安娜的生活。

李小豆正找得猴急的时候，只见黛安娜叼着一只信封从外面回来了。李小豆觉得很奇怪，把信封拿过来打开一看，吓了一大跳，里面竟装着一沓百元大钞，拿出来数数，竟有二千块，里面还夹着一张纸条，上面写着：仇局长，谢谢您，搞到这个以工代干的指标，对我来说意义太大了。一点小意思，请笑纳！小周。

这是怎么回事？给这个仇局长的钱怎么会被黛安娜叼了

来？李小豆心里又惊讶又害怕，心里"怦怦"一阵狂跳。可转而一想：这钱又不是我偷来抢来，是黛安娜叼来的，不花白不花。这么一想，李小豆就立刻上街去买了一大包肉骨头回来，好好犒劳了黛安娜一顿，还抱着它不住地亲啊亲："好样儿的，我真是没白疼你啊！"

天上掉馅饼，李小豆一连乐了三天。

到第四天头上，李小豆突然发现黛安娜不知什么时候又没了踪影，他正猜测着这会儿它会去了哪里，谁知一转头，看到它又叼着一只信封从外面回来了，而且这个信封要比上回鼓得多。

李小豆眼睛瞪大了，一个箭步冲上去把信封拿过来，打开一看，笑得嘴都合不拢了。为啥？信封里装的又是百元大钞，拿出来一数，整整一万块。而且也夹着一张纸条，上面写着：仇局长，辛苦了！这一万块是我预付的，另有十五万，不日即敬奉。老大。

一万块可不是个小数目哪，足足相当李小豆下岗前一年的工资。可数目一大，李小豆心里倒是忐忑起来，而且他觉得这个老大有点像电影里看到过的那种黑社会味道，挺吓人。要是老大发现我拿了这钱，会不会来砍我的头呢？

李小豆于是胆战心惊地躲在家里不敢出去，可一连几天下来倒也相安无事，他这才稍稍松了口气，心里不禁思忖起来：这一片地儿住的都是平民百姓，不但没有一个当官的，就连与"官"字沾亲带戚的都没有，黛安娜会是从什么地方把这个仇局长的东西叼来的呢？他越想越觉得这件事情好奇怪，决定先留意黛安娜行踪，搞清楚它这几天到底去了哪里。而且说句心里话，他也真希望黛安娜能再给他叼回来点什么。

黛安娜也真没辜负李小豆的期望，第二天傍晚，李小豆正找它影儿呢，它就已经叼了一只信封回来了，李小豆打开一看，里面竟是一条足有二两重的金项链。他惊得目瞪口呆，觉得这事情真是太离奇了,他下决心哪怕不吃不喝不睡觉,也非要把事情搞个水落石出不可。

可是,盯梢一只狗却要比盯梢一个人难多了,瞧着黛安娜又要出门,李小豆赶紧跟了上去。一路上,黛安娜钻前跑后,蹿上跳下,忙得不亦乐乎,李小豆在后面跑得汗流浃背,有好几次差点被它甩掉。一直跑到城北一座独院红楼门外,黛安娜才停住脚步,对着大铁门柔柔地叫了几声。

很快,李小豆就看到从院里蹿出一条大狼狗来,在黛安娜身上蹭了蹭,然后就把它带进院里去了。嘿,李小豆恍然大悟:原来黛安娜在外面有情人了,它是和这条大狼狗幽会来的!李小豆很好奇,就到红楼前的花坛边上坐下来,想等着看看黛安娜出来后还会有什么动静。

闲来无事,李小豆便打量起眼前这座红楼来,却怎么看怎么觉得这地方有点眼熟。一想,想起来了,这地方他来过,前一阵人家介绍他来找这红楼的主人给介绍工作,那主人不就是个姓仇的局长吗?

李小豆记得,那天他提着礼物,黛安娜就陪在他旁边,他按响门铃后,从里面传出一声铿锵的声音:"有事明天到办公室说去!"随后就再也不搭理了。虽说后来在办公室里,这个姓仇的局长没能给李小豆解决再就业问题,可遗憾之余,李小豆却对他印象特别好。

此时,天已经黑了下来,李小豆突然发现有个人瞻前顾后地走过来,把满满两手东西往地上一放,就摁门铃。他心里突然一个激灵:黛安娜叼回来的东西,肯定就是这些家伙送上门的!可问题是,仇局长是个"拒腐蚀、永不沾"的清官,他既然东西不收都退回给人家,又怎么会到黛安娜嘴里来的呢?

李小豆正这么想着,就听院里响起一声:"有事明天到办公室说去!"几乎是与此同时,李小豆看到黛安娜突然从院里出来了,嘴里竟又叨了一只信封,出来后就往家里跑,他于是紧赶慢赶地跟了上去,跑回家从黛安娜嘴里取下一看,里面又是一沓百元大钞,数一数,五千块。

李小豆还是没弄明白这到底是怎么回事,可他一直找不到工作,日子总要过吧? 他想:反正这帮行贿的家伙都不是好东西,这钱既然黛安娜给叨来了,我干吗不用? 这么一想,他就心安理得起来。

然而,好景不常在。不知从哪一天开始,黛安娜就不再叨信封回来了,也不出去了,整天窝在家里,就是偶尔出去一次,回来时也是一嘴空空,满脸沮丧。看着它日渐憔悴的样子,李小豆也心急,一天晚上,他忍不住就自己去那红楼看,只见门上贴着大大的封条,那条大狼狗也不知去向。

李小豆意识到肯定是这个姓仇的局长出事了,于是便注意起新闻来。果然,第二天就听说有个姓仇的局长因贪污受贿被抓起来了,起因是某包工头为承建项目向这家伙行贿十多万,之后事情却泡了汤,于是一怒之下便把他给告了。反贪局一查,拉出萝卜带出泥,这家伙受贿的事儿多了!

更离奇的是,检察院在调查取证时发现,所有赃款赃物这姓仇的家伙都不是自己接手,而由他家的狼狗给叨进去:只要客人按门铃,姓仇的叫一声"有事明天到办公室说去",于是训练有素的狼狗便从门旁的洞里蹿出,把送礼者手里的东西叨进去。倘若主人不在家,只要门铃响,那狼狗也会自己出来办这事儿。了解内情的人都懂这套程序,只有李小豆这种门外汉才会干着急。

至于黛安娜给李小豆叨回来的那些个信封,李小豆明白了,显然都是大狼狗为讨好黛安娜送给它的了。真相大白,李小豆真是唏嘘不已……

（谷　子）

（题图:魏忠善）

摸

底

　　有人说，男人的收入和女人的年龄都是不能问的，可有些时候，却又非问不可。比如男人和女人谈恋爱，初次见面，要是女人问不清男人的收入，或者男人搞不清女人的年龄，谁都不会贸然把关系往前发展。

　　有个小伙子叫孙东东，就遇上了这样的事。那介绍人虽然是孙东东的朋友，却是个马大哈，也没弄清女孩到底多大年龄，只觉得长得还中看，就给孙东东介绍了，这可就苦了孙东东，一切都需要他自己见面后打探。

　　第一次见面是在晚上，地点是在一家餐馆。趁着看菜单的工夫，孙东东偷偷瞄了姑娘好几眼，可因为餐馆里灯光昏暗，所以总体印象很模糊，也看不出对方到底多少年龄。

孙东东本想再仔细看看,不料发现人家姑娘也在快速扫描他,吓得他赶紧把目光转到服务小姐身上:"给我两份牛排,七成熟的。"

牛排上来了,孙东东"探查"又开始了。

孙东东问:"你父母好吗,老人家多大年纪了?"

姑娘说:"还年轻着呢。"

孙东东又问:"你是哪年参加工作的?"

姑娘说:"也算不上个正经工作,有合适的时候就跳槽呗。"

孙东东一看这么问不行,连忙转换话题,说起了自己上初中时的趣事,姑娘果然被他逗乐了,孙东东于是瞅准时机连忙发问:"我初中那时候你上几年级?"

姑娘说:"我从小学到高中都在狠命读书,压根就没你上学那么有意思。"

孙东东锲而不舍:"那你高中是哪一年毕业的? 毕业时工作还好找吗?"

姑娘说:"也不算太紧张,只要要求不太高,就总能找到。"

孙东东见对方似乎有点"滴水不漏",想了想,便换了个话题:"你同学现在都谈朋友了吧?"

姑娘笑了:"何止现在,有的高中时候就谈了呢!"

孙东东觉得姑娘这一笑真好看,热血一涌,脱口道:"对了,你喜欢什么动物? 我有个朋友是卖生肖项链的,我给你挑根去。"

可人家姑娘却回答他:"我只喜欢养花。"

牛排总有吃完的时候,但孙东东脑袋里的问号,直到把姑娘送回家还没有完,第二天,他只好给介绍人打电话。

谁知介绍人竟在电话那一头直嚷嚷:"我说孙东东,你昨晚怎么表现的啊,就不会说点有意思的? 人家说你是读《十万个为什么》长大的呢!"

孙东东连忙解释:"我不就是想知道她到底多大年纪了嘛!"

介绍人说:"你呀,会不会谈恋爱?人家不想说就别问,感觉还行的话就趁热打铁。好了,你今天再把人家约出来,好好表现表现。"

孙东东一想也是,就约了姑娘在咖啡馆碰头。

晚上,姑娘如约前来,她悠悠地喝一口咖啡,然后又似乎是很不在意地问孙东东:"请我喝这么好的咖啡啊,你要工作几个小时才能挣出这么一杯咖啡钱来呢?"

瞧瞧,今天轮到人家姑娘来摸孙东东的底了!

(华平耀)

(**题图**:安玉民)

不忘挖井人

　　老马在一起车祸中受了重伤，当场就昏死过去，肇事司机却逃逸了。

　　醒来后，老马不知道自己身在何处，喃喃道："我这是在哪儿？"

　　"爸，你醒啦！"守护在身边的儿子马帅一看父亲睁开眼睛了，兴奋地说，"爸，你在医院里，你出了车祸，还动了手术，已经昏睡一天一夜了。"

　　"哦，车祸？我怎么会出车祸呢？"老马愣住了，他皱紧眉头拼命回忆，却什么也想不起来。

　　马帅安慰说："爸，你先把身体养好，其他事留着以后再想吧！"

　　三天后,老马感觉身上有了气力,也能下床走几步了,可他对车祸的始末却还是一点也记不起来。医生告诉老马说,他是那天夜里十一点钟左右,被一个四十来岁的中年汉子送进医院来的,当时因为忙于抢救,谁也没有留意那中年汉子是什么时候离开的,幸亏有位护士认识老马,才通知到老马的家人。

　　医生安慰老马说,人的大脑受到猛烈撞击后出现短时失忆,这是正常现象,说不准什么时候就会自动恢复的。

　　老马是个知恩图报的人,他尽管想不起来自己是如何被车撞伤的,肇事司机又是谁,但他很想知道那个把自己送进医院的中年汉子是谁。老马让儿子马帅想办法去帮自己寻找救命恩人,马帅于是便在晚报上登了一则寻人启事,说明事情原由,告知对方父亲现在已经脱离了危险,希望恩人见报后与他联系,还留下了自己的手机号。

　　启事登出以后,一晃就过去了三天,可马帅的手机一次也没响过。

　　老马耐不住性子,让马帅在启事上加一条"面酬现金一万元",再登一次,然而还是无人问津,甚至连个提供线索的人也没有。老马心里更急了,赌气似的让马帅把一万元改为十万元,接着再登。

　　这下马帅不肯了,瞪大眼睛说:"爸,你以为你是富翁呀?人家要是冲着十万元找上门来,你拿什么给人家?"

　　老马顿时火冒三丈:"你老子这条命就不值十万元?"

　　马帅说:"爸,不是我忘恩负义,我们已经尽力找了,人家不肯露面,或许是另有隐情,说不定就是他本人把你撞的呢?我看,你就到此为止吧。"

　　"放屁!你要不去登,我就自己去报社。"老马不听马帅的劝阻,当真要下床。

　　马帅拗不过老马,只好再去报社。

第二天,十万元重金寻找救命恩人的启事见报了。报纸上市发行没半个钟头,老马的病房里竟先后涌进来六七名扛着摄像机的记者,他们纷纷把话筒举到老马面前,让老马谈谈重金寻找救命恩人的想法。

老马没好气地说:"我啥感受也没有,只想当面向人家道声谢谢。你们要是闲着没事干,就赶快帮我一起去寻找救命恩人吧!"

记者们被老马这话说得哭笑不得,转而就去采访马帅。

从没在公众场合露过脸的马帅哪肯放过这个机会呀,于是就在记者面前滔滔不绝地说开了,说父亲从小就给他灌输"滴水之恩当涌泉相报"的道理,虽然家里现在并不富裕,但哪怕是倾其所有,也要报答恩人……

老马父子花重金寻找恩人的事在电视新闻里一播,他们立刻成了家喻户晓的人物。然而尽管这样,一晃又过去了一个星期,那个中年汉子还是没有露面。老马心急如焚,却一点办法也没有,只有等待。

这天,有个陌生的中年男人走进老马病房,盯着老马看了半天,说:"那天晚上,就是我送你来医院的。"

老马闻言,一坐而起,激动地拉住对方的手不肯放,连声道谢。

那中年男人却淡淡地说:"我不值得你谢,你要谢的是那个民工。"

中年男人接着就对老马说起了那天晚上事情的经过。他说:"我是个开出租车的司机,那天晚上十一点左右,我准备收车回家,刚把车子开进枸桔弄,突然发现前面有人拦车,车灯下我看清了,那个拦车的是个中年男人,穿得像个民工,怀里抱着一个浑身是血的人,当然就是你了。我怕你们弄脏我的车,有心拒载,可那民工却死活不让道,苦苦求我,还另外给我一百块钱。

我看他那样儿,知道自己当时很难脱身了,想想反正去医院也不绕道,这才让上的车。"

听中年男人这么一说,老马总算知道自己是在构桔弄出的车祸。构桔弄里住着老马的一位老战友,老战友腿脚不方便,整天呆在家里闷得慌,老马就常去他那儿陪他下棋解闷,老马估摸着,准是自己那天下完棋从老战友家里出来后被撞上的。

中年男人对老马说:"我从电视上看到你们在寻找那个民工,才知道他与你们其实非亲非故。我……我今天是来还钱的,如果你们以后找到那个民工,请代我把这一百块钱还给他。"说完,中年男人留下钞票,满脸愧疚地走了。

瞧着中年男人离去的背影,老马真是思绪难平:这是一些心地多么善良的人啊!他心里也越发想见见那个民工。可让老马揪心的是,那个民工始终没有露面。

难道他已经离开这个城市了?老马心里胡乱猜想着。

又过了一个星期,老马伤愈出院了。他没有直接回家,而是让儿子马帅陪着,在构桔弄里走了一圈。老马环顾四周,不禁心生感慨:若不是那个民工热心相救,这会儿自己的魂魄还不知会在哪儿游荡呢!

可是突然,老马像是着了魔似的,两只眼睛死死地盯着前方不动了。

"爸,你怎么了?"马帅吓得惊叫起来,老马竟没有反应。

马帅顺着老马的目光看去,发现前方一堵水泥墙上,除了被人用白漆刷了"专业挖井"四个大字和一个手机号码,其他什么也没有。他慌了:"爸,你到底怎么了?"

过了半晌,老马才缓过神来,沉吟了一会儿,掏出手机,竟按着水泥墙上写着的那个手机号,拨通了对方:"喂,是挖井师傅吗?对,对,我家想挖口井。好,好,我家住在……"

马帅被老马闹糊涂了:"爸,咱家好好地喝着纯净水,用着自来水,你挖井干什么呀?"

老马却不说话,挂断电话,心事重重地离开构桔弄,回了自己的家。

父子俩到家没多久,挖井师傅就找上门来了,可是老马却让马帅去接待,自己到楼上休息去了。马帅心里觉得十分奇怪,可老马不说,他也没法追着问,只好照老马的意思办。

来的挖井师傅是一对父子,父亲四十来岁,壮壮实实的,皮肤黝黑发亮,儿子倒是白白净净,像个腼腆的中学生。马帅在院角选好地方,父子俩就干上了。

这对父子话不多,整天只知道埋头干活,只两天工夫,就把一口二十米深的水井挖成了。让马帅疑惑的是,这两天老马一直躲在楼上不下来,马帅实在猜不透父亲葫芦里在卖什么药,憋不住问过好几次,可老马都不说。

付了工钱,送走师傅,马帅回到院子里,却看到父亲不知什么时候已经下了楼,站在井边上,愣愣地看着井底。马帅怕父亲不小心跌下井去,慌忙过来搀扶。

这时候,井底已经开始蓄水了,明晃晃的水面就像一面镜子。

突然,马帅发现有一滴水珠落入井底,镜面即刻晃动起来,他心里一个激灵,扭脸一看,看到父亲一双眼睛红红的,这才明白刚才落入井底的,其实是父亲的泪水。

"爸……"

过了半晌,老马才凝重地抬起头来,对马帅说:"知道吗,那挖井的师傅,那个父亲,就是我要找的救命恩人呀!"

"什么? 爸,你怎么知道是他?"马帅无比惊讶。

老马幽幽地说:"回来那天,构桔弄水泥墙上写的那几个字,突然让我的记忆恢复了。在被撞倒的那一刻,我是清醒的,我当时掏出手机想给你打电话,可一时记不起你的电话号码,这时我看到了写在墙上的电话号码,便照着拨了,告诉他我在构桔弄……"

可是马帅不解:"爸,既然你认定是他,那干吗不下楼与他相认呢?"

老马沉吟着说:"这两天我在楼上想了很多,这个挖井师傅是真正的善良人啊,做好事不图回报,所以我想,我没有必要下楼来……"

"爸,你真能确认救你的就是他吗?"马帅不放心地打断了老马的话。

老马说:昨天我悄悄在楼上给他拍了照,要不你拿去找医生证实一下?"

马帅从老马手里接过照片,还真去了医院,半个钟头后他就回来了。

老马忙问:"医生怎么说?"

马帅喜形于色道:"爸,医生说就是那个师傅!要不我打电话把他们再叫回来?"

老马摆摆手:"那就不要去惊扰他们了。我所以在院子里挖井,就是想告诫自己,将来也不能忘了他们啊!"

马帅的心被深深触动了!第二天,他用砖块在井边立了个碑,在碑上刻下五个大字:不忘挖井人。

但是老马不知道,其实医生一看照片就确认,那个挖井师傅并不是送老马去医院的人。可是马帅不想让老马再为此伤神,那个民工是谁,现在已经不重要了。

(时英友)

(题图:黄全昌)

出租乞讨位

　　有个老者，在一家商场门口乞讨已经三年了，这里人流量大，还不会淋到雨、吹到风。

　　可是这年秋天，老乞丐病了，他原以为是场小病，扛一扛就会过去，可这天早上醒来后，却怎么都起不了床，就这样，他一连躺了三天。

　　老乞丐心里很着急，虽然口袋里有些钱，但这是要攒起来寄回老家去的。而且他现在浑身动弹不得，住的地方只怕连鬼都摸不着门，这样拖下去，就只能是死路一条。怎么办？

　　就在这个时候，只听"吱呀"一声有人推门进来，老乞丐一看，认识，是街对面的那个小乞丐。都说同行是冤家，这一老一少也不例外，小乞丐曾经跟老乞丐争过商场门口的这个乞讨位子,但最终被老乞丐赶走了。

小乞丐看见老乞丐这样子,着实吃了一惊,马上出去买回几片药。老乞丐吃下药,又吃了小乞丐弄来的饭,感觉好了一些,但还是起不了床,他抚着两条没有知觉的腿,叹了口气,伤感地对小乞丐说:"唉,我算完了!"

"师傅福大命大,休息一段时间就会好的!"小乞丐安慰老乞丐几句,过后忽然转转眼睛,说,"师傅,我有个主意,你商场门口的那个位子空着也是空着,不如租给我,从今天起,我就上你那位子去,每天讨来的钱我们对半分,行不行?"

老乞丐一听,第一个反应就是觉得小乞丐有点傻,他已经不能动了,小乞丐即便是占了他的位子,他又能怎么样呢?可是老乞丐没把这话说出口,而是不动声色地点点头,说:"也行,不过等我腿脚好了,你得把位子还给我。"

"那当然!"小乞丐和老乞丐算是达成了协议。

这以后,小乞丐每天晚上都到老乞丐这儿来,把一天讨得的钱拿出来,一五一十地点个数,然后分一半给老乞丐。

老乞丐对小乞丐心存感激,但也有不满,觉得小乞丐给他的钱怎么只有这么点呢?他总觉得小乞丐人虽小,却鬼精灵得很,不知打下了多少埋伏呢!

都说穷人命硬,此话不假,养了三个月,老乞丐愣是站了起来。他第一个想法就是,找小乞丐要回他的位子,因为小乞丐每天分给他的钱越来越少了。

老乞丐走出门,一直往他往日乞讨的那个商场门口走去。然而令他大吃一惊的是,那里已经成了一片繁忙的工地,商场早已不见了影子!找人一问,才知道就在他生病的第二天,这块地就开始改造了。

可是,小乞丐分明昨天晚上还在分钱给他!

这里既然已经没有了乞讨的位子,小乞丐为什么还要分钱给老乞丐呢？老乞丐那久经风霜的心忽然颤抖了一下,干涸了几十年的泪腺,重又涌出了晶亮的泪珠……

晚上,小乞丐照旧来老乞丐这儿,照旧拿出他的钱袋子,照旧要打开。

老乞丐伸出手去,一把握住小乞丐那冰凉的小手。然后,他从贴身兜里摸出一本存折,放到小乞丐手上,说:"孩子,你还小,上学去吧!"

（推荐者:付秀玲）

（题图:安玉民）

索　赔

深冬的一天傍晚，青城市长途客运公司经理老苏刚准备下班，忽然传来几声重重的敲门声，接着就见一个小伙子一瘸一拐地裹挟着一股寒风从门外走进来，怒容满面。

老苏上下打量着小伙子，觉得好像有点面熟，但一时又想不起来在哪儿见过，于是便请他在沙发上坐下，递上一杯水，抱歉地笑笑，说："你是谁呀？找我有什么事？"

没想小伙子一听老苏这话，立刻变得很沮丧，嘴里嘀咕说："您忘了？您真的忘了？您好好想想，大前年夏天，有天中午，你们公司一辆大巴，牌号是45066，是不是在高速公路上出了事儿？是不是有个叫石守义的乘客，不顾自己的腿伤，救了十多位乘客的命？"小伙子说到这里，眼睛红了，语气中明显带着不满。

事情老苏是想起来了，但是有一点他不明白：当时这个叫石守义的小伙子腿并没有瘸，而且让他去医院检查他死活不肯，执意要赶路回家。当时离开现场时，他只说是腿划破了皮肉，怎么现在竟拖着条瘸腿来呢？会不会是因为现在日子混不下去了，来给自己下套，讨要索赔来了？

"苏经理，您想起来了吗？"石守义的眼睛里布满了血丝，直勾勾地看着老苏，似乎是在等待着他肯定的回答。

"啊……这事啊……让我想想……让我想想。"老苏此刻心乱如麻，他就怕他承认后，石守义会咬住他不放，那可就麻烦了。老苏脑子一转，很快有了打算，他夸张地一拍脑门，说，"哦，我想起来了，事故的确有过，但是小伙子，你说你带伤救人，这个……我怎么一点印象也没有啊？"

"怎么会呢？"石守义不甘心地提醒老苏说，"您回忆一下，救人时，我的右腿被玻璃划了道大口子，血把一条裤管都染红了，您还说让我去医院看看。可当时我以为自己只是皮肉受了点伤，后来您就拦了辆车送我走，那车钱还是您给付的呢！可没想，我回家后不久，那腿就越来越不行了，这才去医院看，才知道其实当时伤得不轻，骨头坏了，可惜耽误了治疗……苏经理，您再想想，那天我走的时候，您还给我说了什么？"

石守义说的这一切，老苏现在都想起来了，没错，当时确实是这样，石守义的行为深深感动了他，所以在石守义走的时候，他拍着胸脯对石守义说，回去后如果腿脚有问题，就及时和他联系。可问题是，石守义为什么到现在才来找他呢？有没有可能是因为后来别的什么原因，让他的腿瘸了，而他却想让老苏来替他承担责任？

老苏可不愿背这个黑锅，所以立刻把头摇得像拨浪鼓，脱口就说："没有的事，我一点印象都没有。请不要多说了，我也要下班了！"说罢，他站起身来，朝石守义做了个"请走"的手势。

石守义的脸突然涨得通红,固执地说:"苏经理,这事您怎么能随便忘呢? 没有这场事故,我的处境哪会这么惨? 当时您答应过我的,您怎么能说话不算话呢? 我说的句句是实话,您今天一定要给我个说法……"

这家伙果然是来敲竹杠的,老苏心里"别"一跳,当时对石守义的那份感动顷刻间化为了乌有。他的脸拉长了,对石守义说:"我当然说话算话,如果你能找到有说服力的人证和物证,我保证给你一个满意的说法。"其实,老苏这时候的心里话是:车是长途车,乘客又来自五湖四海,时间已经过去这么久了,现在你到哪再去找证据?

石守义也知道找证据的难度,他急得满头大汗,喃喃自语道:"这可怎么办? 这可这么办……时间来不及啊! 我爹病得很重,在家等着我呢……不行,我一定要找到证据……"

他说这话的时候,两只眼睛突然落到了放在茶几上的一张晨报上,那上面有一条醒目的标题:民工讨工资未果,欲跳楼方才结清。石守义眼前突然一亮,他顾不上再和老苏说什么,站起身来就颠颠地走了。

外面天已经有点昏暗,很阴冷,老苏看看下班时间到了,便收拾收拾,走出办公室后就往楼下走。谁知他刚走出楼道口,就见一群人正仰着脖子在朝楼顶上看,还唧唧喳喳地叫着,说是有人要跳楼。老苏吓了一跳,赶紧抬头看,天! 要跳楼的竟然就是石守义! 难道他想钱想疯了?

这时,110警察赶到了,一边劝石守义冷静,不要做傻事,一边就准备上楼。但是石守义竟就站在楼顶边沿,扬言说谁要是上来,他就立即跳下去。他说,他这么做也是迫不得已,只想请哪位记者上来帮他一个忙。

当地《晨报》的一个记者很快就跑上楼顶,石守义警惕地转过身,让记者站得离他远远的,然后把自己当时在车祸中救人的经过一五一十地讲了一遍。石守义说，他想请记者把这事儿在报上登出来，他想通过这个办法来寻找当年车祸中的那些乘客，请他们来为他作证。

记者想了想，答应了，承诺一定见报，然后就要石守义下楼。可石守义却冲动地对记者说："我不会下楼的，今天晚上我就在这儿等着，如果明天早上这件事情不见报，我就从这儿跳下去！你快去写吧，我求求你了！"

此时，西北风吹得记者直哆嗦，他见石守义铁了心不肯下楼，就只好下去给他拿来棉大衣和棉被御寒，然后才离开。

第二天上午，记者拿着刊有报道此事的晨报来见石守义，不想石守义还是不肯下楼，执意要等证人现身。到了中午时分，还真来了一位作证的老太太。

老太太一见满脸憔悴的石守义，立刻泪水涟涟地说："不错，就是这小伙子，就是他救了我们一车人！"老太太说着，还从口袋里掏出一条手绢，抖开，告诉记者说，事故那天她的手受伤了，血流不止，石守义就是用这条手绢给她包扎伤口的。

记者接过手绢一看，手绢上还绣着"石守义"三个娟秀的用玫瑰色丝线绣的名字。

而石守义一看到这块手绢，一把夺过来就发起呆来，不知怎么的，片刻之后他突然伤心地哭开了。原来，这块手绢竟是已经和他分手了的女友送给他的。

之后，陆续又来了几个证人，都证实石守义没说假话。

这时候，老苏既不想招人唾骂，心里又有些内疚，于是就委婉地向记者承认，自己可能把人搞混了，不管石守义腿残与那次车祸有没有关系，做人要讲良心，就冲他这救人的精神，公司愿意给石守义一点补偿。老苏想请记者协调，和石守义私了。

记者是个热心肠，于是三方便坐了下来。

老苏主动提出，赔偿石守义一万元，可石守义却摇头说

"不要"。

老苏以为他嫌少,就狠狠心,一咬牙说,给石守义三万。

谁知石守义却朝他眼一瞪:"我说过不要你钱的,一分也不要!"

老苏愣住了:"那你要什么?"

石守义说:"我只要你……说话算话!那天临走时,你要我留下地址,说是要给我们村里寄感谢信的,是不是?现在,我只要你赔我……赔我一份……感谢信,还要……一定要敲锣打鼓地送到我家去。"

老苏张大嘴巴,猛然想起来了,那天自己是说过这话,可事后很快就忘记了。这年头,还有谁稀罕这种感谢信啊?他看着石守义,惊呆了。

记者握笔的手也顿住了:"你为什么放弃几万块钱,却要索赔一封感谢信?"

石守义伤心地说:"钱有什么用?它买不来好名声啊!我爹要是见不到这封感谢信,他死也不会闭眼的。"

在记者的一再追问下,石守义哽咽着讲了后来事情的经过。

石守义曾经因为犯偷窃罪坐过牢,出狱后就离乡背井地在外面打工。那年,他父亲突发脑溢血,他娘便托人告诉石守义,要他赶快回家,不料就在回家途中,石守义遇上了那次车祸,也因而发生了那些救人的故事。

回到村里后,村民们看到石守义那条受伤的腿,都问是怎么回事,石守义便讲了自己因为救人而受伤的经过,还说客运公司一位姓苏的经理说了,马上会给村里寄感谢信来的。小小的村落顿时轰动了,大家立刻改变了过去对石守义的看法,石守义的女朋友也因此觉得终于可以在人前扬眉吐气了。

但是让石守义失望的是,随着时间一天天地过去,老苏说的那封感谢信始终没有寄来,村里人于是说什么的都有,甚至还有人猜测说,石守义那腿准是在外面偷鸡摸狗时被人打的。后来,凡是村里有人家丢东西,大家就指桑骂槐地说是石守义干的。石守义的女朋友实在受不了这种舆论压力,只好和石守义分手。

石守义曾经硬着头皮给老苏写过信,可是都石沉大海。前阵子,石守义的爹眼看越来越不行了,神情恍惚之中嘴里老是念叨:"信……感谢信,怎么还不来呀?"石守义不忍心让父亲抱憾而终,于是就下决心找老苏来了。

说到这里,大滴大滴的泪水从石守义脸上淌了下来,他说:"唉,我没想到苏经理竟把这事儿给忘了。耽误了这么长时间,还不知道我爹能不能挺住啊。"

老苏听到这里再也坐不住了,他"腾"地站起来,朝石守义一挥手,说:"我准备一下,马上去你家!"

当天下午,记者开着专车,载着一行人日夜疾行。

第二天中午,他们敲锣打鼓地进村,老苏双手举着大红感谢信,记者不时地抢拍镜头,营造声势。

可是刚走到石守义家门口,就听到里面传出一片哭声,石守义撕心裂肺地叫了声:"爹!"飞奔进屋,只看了一眼,就昏了过去。只见他爹那张老脸上,两只眼睛瞪得大大的,充满了绝望和怨恨。

帮忙照顾的邻居埋怨石守义说:"你怎么不早点回来啊?你爹临死前说,他算过日子了,如果事情是真的,你早该回来了,他认定你扯了谎,说……说他到了阴间也没脸见人了……"

石守义听了立刻号啕大哭起来,他在爹的床前长跪不起:"爹,苏经理把感谢信送来了!儿没偷,儿真的是做了好事!儿不骗你!爹呀,儿把感谢信读给你听……"

(袁　翼)

(题图:谢　颖)

写 实 人 生

人生好似一出跌宕起伏的悲喜剧,上一秒哭,下一秒笑,讥讽怒骂轮番上演。在人生的舞台上,没有人是陪衬,每个人都是主演。

免费的午餐

　　蒙城有个人叫陈醋，陈醋有个外号叫"大头"。陈醋的头其实并不大，可是却挺"能"，比如他去街上喝油茶，从来不买一碗，而是朝店主喊："老板，来半碗油茶!"老板碰上这种主儿不敢怠慢，赶紧端半碗上来。说是半碗，其实差不多就有一满碗了，陈醋稀里哗啦几口喝完，朝店主喊："老板，再来半碗!"老板只好再端大半碗上来。两次一喝，这就喝了一碗半还多，最后付的却只是一碗的钱。就这么一来二去，陈醋就被人家叫成了大头，肚子里鬼主意多嘛!

　　这天，陈醋和两个同事到外地出差，办完公事，免不了游山玩水，三个人一转，转到了一个公园，这个公园是在烈士陵园的基础上扩建的，门票十五块钱一张。

一个同事逗陈醋说:"大头,你不是有本事吗? 你能不买票就进去吗?"

陈醋笑了:"老虎吃豆芽,小菜一碟! 不但我不买票,还能让你们也免票。不过,你们两个一定要配合我。"

两个同事一听可高兴了:"只要能免票,中午我们请你客。"

三个人于是便朝公园门口走去,走着走着,陈醋突然身子一歪,倒在了地上,牙关紧咬,不省人事。那两个同事吓坏了,赶紧上去扶他:"大头,咋了?"又是帮他揉胸,又是掐他人中。

陈醋终于睁开了眼睛,突然间大放悲声:"我那苦命的爷啊——"一边喊,一边就挣扎着站起身来,跟跟跄跄地朝公园入口处扑去,同时又用手暗中拧俩同事一下,悄声说:"搂紧我,跟着哭!"

两个同事这才醒悟过来,赶紧左右搂扶住他。

他们这举动把正站在公园门口的两个检票员吓了一跳,其中一个刚要拦他们,另一个赶紧说:"别拦,这几个准是烈士的亲属,让他们进去吧。"

三个人就这么混进了公园,装模作样的祭扫结束后,陈醋和两个同事就在公园里玩起来,那两个同事对陈醋简直佩服得五体投地。但是就在他们结伴往回走出公园大门时,被一个胖胖的中年人拦住了:"请留步! 对不起,三位祭拜的是哪一位烈士?"

那两个同事吓坏了,眼巴巴地望着陈醋,陈醋却不慌不忙地回答说:"在下姓陈名醋,陈阵烈士为在下祖父。"

中年人一听,谦恭地说:"喔,原来是陈师长的孙子,久仰久仰! 既是如此,请到办公室一叙。"

两个同事心怀鬼胎,忙在后面拉陈醋的衣角,可陈醋却微微一笑,神情自若地领头跟着中年人走进了公园管理办公室。中年人端水敬烟,陈醋来者不拒,两个同事只得硬着头皮撑下去。

中年人自我介绍说他姓刘,是这个公园的园长。刘园长仔细询问了陈醋一些问题,陈醋对答如流,把两个同事听得一愣一愣的:这小子,你爷爷不是明明在家活得好好的吗?这会儿咋吹得比真的还像?其实他们不知道,陈醋进园后就留了一手,刚才特地找了一个陈姓墓碑,把墓碑上烈士的生平事迹记在了心里,眼下果然就移花接木派上了用场。

刘园长一边听,一边不住地点头,说:"陈师长的墓,从来没有人祭扫过,想不到他还有您这么一个孝顺的孙子,陈师长九泉之下可以瞑目了。不知道陈公子这些年都在哪里发展?"

陈醋长叹一声,说:"我多年来一直在海外做生意,很少回国内来,所以连祖父的墓地也没有机会来祭扫,真是惭愧呀!"

刘园长笑着说:"陈公子事业有成,还不忘故土,着实让人敬佩!今天中午我们公园做东,为三位远客接风洗尘。"

陈醋一听,忙摆手:"刘园长公务繁忙,我们心领了,饭就不用吃了。"

可是刘园长却一把拉住陈醋说:"哪里,哪里,这顿饭我们公园请定了,我这就通知食堂准备去。"

两个同事在一旁顿时转惊为喜:嘿,谁说世上没有免费的午餐?这个大头,真是有办法啊!陈醋冲他们一挤眼睛,这才顺水推舟地对刘园长说:"既然刘园长这么盛情,那我们就恭敬不如从命啦!"

就这样,陈醋他们三个由刘园长陪着,在公园食堂里美美地吃了一顿。

酒足饭饱之后,陈醋抹抹嘴正要告辞,刘园长又请他们到办公室小坐,陈醋说声"好",便大大咧咧地跟在刘园长后面回到办公室,大模大样地往沙发上一靠。

这时,一个工作人员捧了个大本子上来,刘园长双手接过,恭恭敬敬地转给陈醋,说:"陈公子,请留下您的墨宝!"

两个同事凑上去一看，傻眼了，只见这个大本子的封皮上写着三个遒劲的大字：募捐簿。

刘园长笑眯眯地说："陈公子，您也看到了，我们公园经费比较困难，修葺烈士陵墓的资金都是靠烈士家属捐献的。陈师长威名远扬，陈公子又在海外做大生意，一看就是个豪爽之士，您随便捐个一千二千的就可以了。"

陈醋这时候的手就开始有些发抖了，他一边点着头，一边一页一页地往下翻看，每一页都看得很仔细，足足看了五六分钟。他的那两个同事也在旁边提心吊胆地看着，他们不但看那每一页上写满了的捐献者的名字和捐献金额，还时不时地看陈醋的神色。

陈醋终于不得不翻到大本子的最后一页，这时已经是满头大汗了。他抬起头来，正好碰上刘园长期待的目光，他扭脸看看身边两个同事，最后写下一溜大字：国民革命军中将师长陈阵之孙陈醋捐款人民币1000元整。

刘园长笑逐颜开，两个同事却大惊失色。

只见陈醋从兜里掏出钱包，数出十张一百块，递给刘园长，嘴里还硬撑门面说："不成敬意，不成敬意！谢谢刘园长盛宴招待。"

最后，刘园长把陈醋三个人送出公园，还给他们叫了辆出租车。

车一开，两个同事就忍不住你一句、我一句地抱怨起来："这下可好，一千块钱能吃几顿饭，能买多少张门票呀，唉，世上真是没有免费的午餐哪！"

两个人正这么说着，突然发现陈醋怎么没动静，扭头一看，发现他耷拉着大头，早打蔫啦！

（邵　健）

（题图：魏忠善）

感谢乌鸡

  小毛村的马老木外出打工，回来的时候在道上看到一只脏兮兮快要断气的小鸡雏，他可怜那小东西，就把它捡起来，小心地揣在怀里。

  马老木一路上坐火车、坐汽车，颠颠簸簸地走了八百里，到家一看，那小鸡不但没死，反而还精神了许多，从马老木怀里蹦出来，满屋子乱跑，还"啾啾啾"地叫个不停，把马老木的老婆阿芳喜欢得不得了。从此，阿芳就像对待自己亲生的孩子一样，把这只捡来的小鸡养了起来。

  小鸡长大后，阿芳发现这小家伙非常不一般，它的毛洁白如雪，可爪子、鸡冠、鸡嘴甚至眼圈，都是黑黑的。阿芳抱着小鸡上看下看、左看右看，情不自禁地叫起来："天哪，这不是一只乌鸡吗?"

在当地,乌鸡是一种很珍贵的鸡,也很稀罕,据说女人吃了能滋阴养颜,男人吃了能强腰壮肾,市场上五十块钱一斤都很难买到。阿芳扒着鸡屁股看了半天,说:"嗨,还是只母鸡呢,等它以后下了蛋,我就孵小鸡卖,肯定能赚钱!"阿芳说这话的时候,兴奋得差点流下泪来。

这个村的村主任叫牛轱辘,和马老木家离得不太远。牛轱辘有肾虚的老毛病,早就想弄一只乌鸡熬汤补一补,这回总算有了机会,他想:我开口说一声,马老木不能不给我面子。于是,他就上门来了,说:"老木,我肾虚的毛病越来越严重,大夫说喝乌鸡汤最管用了。"

马老木一听牛轱辘这话,就明白他是什么意思了,便说:"这事儿你得跟我老婆说去,她这会儿摘菜去了。"

牛轱辘一听马老木这么跟他说话,心里很不爽:这么点小事都做不下主,亏你还是个大老爷们!他只好去马老木家的菜地找阿芳。

阿芳是全村胆子最小的女人,以前牛轱辘一往她家走,她心口就"扑扑"直跳,所以牛轱辘根本没把她放在眼里。可牛轱辘怎么也没想到,这回他竟在阿芳那里碰了个大钉子,阿芳一口就回绝他:"这只乌鸡可不能给你,我还指望它挣钱呢!"

牛轱辘没好气地说:"我给你钱,我买还不行吗?"

阿芳斩钉截铁道:"多少钱也不卖!"

牛轱辘一听,气得鼻子都歪了。村里平日罚谁款、派谁活,都是他这个村主任说了算,谁敢不看他的脸色行事?别说是想吃乌鸡,就是要吃谁一头牛,不也得乖乖给送来?牛轱辘越想越窝囊,灰溜溜地回家后,那天晚上他一夜都没睡好,就想着要用什么法子来治一治马老木和阿芳,可想了一夜也没有想出好点子来,这口气就一直憋在心里。

一天，牛轱辘在外面喝酒，回家已经是半夜了，经过马老木家门口时，又想起了乌鸡的事，此时他正在酒劲上，觉得这口气至今没出实在太窝囊：你不是舍不得把乌鸡给我吗？你不是指望着靠那只破鸡发大财吗？哼，那我就干脆让你们空欢喜一场，我现在就把这宝贝鸡掐死。

牛轱辘仗着酒劲走进马老木的院子，蹑手蹑脚地打开鸡舍的门，把脑袋伸了进去，可是鸡舍里这时候黑咕隆咚的，他哪看得清哪只是乌鸡呀。正当左右为难的时候，马老木屋里的灯突然亮了，牛轱辘吓得赶紧缩回脑袋，一头钻进了鸡舍旁的柴垛档里。

一会儿，就听那房门"吱呀"一声开了，马老木披着衣服走出来，走到墙角边"哗哗"地撒了一泡尿，之后又头也不回地进屋，熄了灯躺下了。虽然是一场虚惊，但着实把牛轱辘吓出一身冷汗来。

牛轱辘这时候已经不再想掐死那只乌鸡了，觉得那样做自己忒损了点，可他又不能马上就离开这里，他怕马老木还没有睡实，万一自己被发现就尴尬了，所以决定在柴垛档里静静地等一会儿。为了驱赶困意，他给自己点上支烟，用手捂着慢慢地抽。

一支烟抽完，牛轱辘心想：老子不跟你们一般见识，就让你们这只破鸡多活几天吧。这么一想，他钻出柴垛档就站起来要走。可就在这时，他突然闻到一股浓烟味儿，四下一看，不由大惊失色：自己刚才扔的烟蒂烧着了，柴垛起火了！说时迟、那时快，火苗子转眼就在柴垛档里蹿起来，这一下牛轱辘的酒劲全吓没了，他连滚带爬地跑出马老木家的院子，打算立刻离开这个是非之地。

可牛轱辘没跑多远，突然意识到：今晚刮的是西南风，马老木家在上风头，这大火要是烧起来的话，整个屯子就得被"推大磨"，那时候，自己家的房子也得被烧掉，公安机关肯定要立案调查起火原因,一旦查出来,自己非蹲半辈子大狱不可。想到这一层,牛轱辘脱口就大喊起来:"着火啦!着火啦!大家快来救火啊!"

听到喊声,全村男女老少都奔出家门来了,端盆的端盆,拎桶的拎桶,一起赶来马老木家扑火。这时,大火已经蹿起了丈把多高,牛轱辘急了,他冲在救火人群的最前头,衣服烧着了,头发烧焦了,也全然不顾。村民们看到村主任如此奋不顾身,都被深深感动了,齐心协力一起上,一个多小时之后,终于把大火扑灭了。

牛轱辘是被大伙扶回家的,他身上被烧伤多处,有人赶紧把邻村的乡医找来,给他伤口消毒、上药,包扎起来。

村民们走后,天也快亮了,牛轱辘躺在炕上怎么也睡不着,想起刚才那场大火,他在心里直骂自己:牛轱辘啊牛轱辘,你看你都干了些什么呀?

天大亮后,村民们纷纷来探望牛轱辘,有的拿鸡蛋,有的拿水果,还有拿营养品什么的。马老木和阿芳也来了,阿芳捧着个沙锅,对牛轱辘说:"村主任,都是我不好,昨天倒灰时带了火,差点没捅大娄子,让你跟着受了罪……我把乌鸡杀了,熬了一锅汤,给你补补身子,你快趁热喝了吧!"

怎么着火的,牛轱辘心里最明白,听了阿芳的话,他脸臊得通红。

从此,牛轱辘完全像是变了一个人。他还从乌鸡身上受到启发,带领大伙儿养乌鸡,为全村人找到了一条致富之路。哎呀呀,说起来真还得感谢那只捡来的乌鸡啊!

(张国心)

(**题图**:魏忠善)

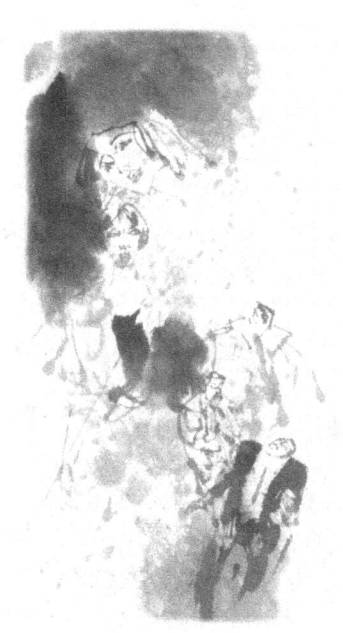

一个也不放过

张总经理此刻真的很闹心,他一会儿看看表,一会儿站起来在办公室里来回地走,心里不停地说:"怎么还不到六点呢?"他急着要去约会。

原来,前些日子张总在酒店遇到了一个南方小姐,名叫刘娟,张总身边女孩不少,可不知为什么,他就是喜欢上了刘娟。但这个刘娟真能捉弄人,张总几乎天天打电话找她,可她就是两个字:"没空。"

前几天,刘娟总算打来电话,对张总说"有空了",可她打的是公用电话,张总连想都没想,就给她买了一个五千多块的手机。刘娟拿到手机,马上就撒娇说:"可是你到我那里去不方便啊!"张总又想都没想,就把手头一套装修好的新房子给了她。

这么一来,今天中午刘娟就在新房里给张总打来电话,约他晚上六点过去,现在离约定的时间还有三个小时,可张总已经如饥似渴地等不及了。

好不容易盼到点,张总准时站在了新房门口。

张总刚要敲门,忽然发现门是开着的,他猜想一定是刘娟知道自己要来,提前把房门打开了,于是就轻手轻脚地进屋,想给刘娟一个惊喜。可谁料走进客厅,他发觉脚下很粘,低头一看,哇,不得了,是血!顺着血迹看去,发现血是从里屋淌出来的,他马上想到了杀人案:肯定是刘娟被人杀死了。那么我呢?我没杀人,但是人家要问我为什么到这里来,我怎么说?想到这里,张总转身就跑。

可是,张总还没有跑到门口,就听见外面响起了脚步声,他灵机一动,立刻退进来,拉开卫生间的门就躲了进去。

张总躲进卫生间以后,很想知道从外面进来的人是谁,于是便把卫生间的门轻轻拉开一条缝,一看,认出来了,是公司的客户李老板。他来这里干什么?难道也是来找刘娟的?张总不由恨恨地咬起了牙:刘娟啊刘娟,我给你又买手机又送房子,你居然还背着我找别的男人鬼混?

但是很快,张总又转怒为喜了,因为他突然想到,多一个陪绑,对自己来说不是好事吗?他看到李老板进门就发现地上有血迹,转身就要跑,他心想:你跑我也跑!以后就是警察找上门,房间里有我的脚印,也有你李老板的脚印,谁也甭想干净。

可是,事情的发展却完全出乎张总的预料,因为李老板还没跑到门口就立刻退了回来!为啥?原来这时候外面又响起了脚步声。

妙的是,李老板退回来以后,也一头撞进了卫生间,当然就看到了张总,刹那间他完全惊呆了。不过好在李老板也是见过大世面的,立刻就明白是怎么回事了,于是很有风度地伸出手来和张总握了握,两个人四只眼睛对视一下,彼此心照不宣地笑了笑,然后一齐把头转向了门缝。此刻,他们都急于想知道,进来的那个人又会是谁。

进来的会是谁呢? 等那人一照面,张总和李老板立刻认出来了,这人是开发办的陈主任。两人的脸立刻都拉下来了,心里都在骂刘娟:这个小婊子,到底和多少个男人好上了? 但是,两人一转念又都笑了起来:这不是很好吗? 不是又多了一个陪绑的吗?

陈主任是近视眼,没看到地上的血,径直就朝里屋走去。可就在这时,又从外面闯进来一个小伙子,进屋就发现地上有血,立刻就跳了起来,拉住陈主任问:"这是怎么回事?"

陈主任当然糊涂了,说:"我……我……我也不知道呀!"

小伙子奔进里屋去看,又大喊着疯一样冲出来,抓住陈主任厉声喝问:"你为什么杀我姐姐? 走,跟我去派出所!"

陈主任一听慌了神,走进里屋一看,刘娟在满是血的被褥上躺着。小伙子非要拽陈主任去派出所,陈主任就是不肯走,僵持了足足有五六分钟。

这时候,陈主任急得眼泪鼻涕一大把,他从口袋里掏出一个折子,对小伙子说:"我真没杀你姐姐啊,我这样的身份,也不能去派出所。这样吧,你操办后事、查找凶手都需要钱,我这里有一个五万块的折子,你先拿着,以后要是不够的话,我再给你。"

小伙子接过折子,刚看完上面的数字,一抬头,哪里还有陈主任的影子?

躲在卫生间里的张总和李老板见了这一幕,立刻明白自己该怎么做了。

张总也从口袋里掏出一个折子,随后就推开卫生间的门走了出去。小伙子看到从卫生间里突然走出个人来,吓了一跳,张总赶紧上前说:"你想用钱找到凶手的想法很好,我这里也有五万块,也给你做经费吧。"

小伙子接过张总递给他的折子,等数完上面那几个数字,一抬头,张总也跑得没影了。

这时候,卫生间里的李老板正在忙着摸身上的口袋,可要命的是,摸遍全身上下也没多少钱。怎么办呢?情急之下,他突然看到了自己戴在手腕上的那块表,值十几万啊,但现在已经顾不得那么多了,先走出这个屋再说吧!

想到这里,李老板推开洗手间的门走了出去,把手表摘下递了过去,对小伙子说:"这块表值十多万呢,你卖了它吧,也好用来作经费。"说完,趁小伙子还在发呆,他也赶紧溜了。

三个人都走了,屋子里静了下来,小伙子把屋里所有的门都打开看,确认再没有外人了,便大声朝里屋喊道:"姐,你起来吧!"

"哎!"刘娟立刻从染满了血的床上跳下来,步履轻盈地走出里屋,兴奋地从小伙子手里接过折子和手表,看了看,说:"明天你把这房子卖了,咱们赶紧走。"

"那不行。"小伙子从口袋里掏出一个小本本,指着上面说,"姐,你看,还有十来个人呢,等把这些人都找来,好好敲他们一笔再走。"

刘娟想了想,说:"那就依你吧,可这血到哪儿去弄呢?"

小伙子轻松地笑笑,说:"姐,这好办,床底下还有一大桶猪血呢!"

(卢卫平)

(题图:黄全昌)

明天还会涨

　　溪北村要通高速公路了,这消息像一颗炸弹,把偏僻寂静的小山村炸沸腾了。原本连村干部都无人当的空壳村里,一夜间竟冒出六七个人来竞选村主任。这是因为,谁当了村主任的话,他还要兼任高速公路溪北段的副总指挥,这可是个淌油的官哪,所以竞争就激烈了起来。

　　经过群众推荐、民主测评,乡里公布了赵六和王五两位候选人。乡里所以这样安排,是考虑到了溪北村王姓和赵姓两族间的平衡与团结,这个村除了这两个大姓各六户外,剩下的就只有张姓一户人家了。

　　溪北村穷归穷,但同姓同族可团结啦,王姓人家绝对不会去选赵姓人,赵姓人家也绝对不会去选王姓人,这几乎就是族里一条不成文的规矩。随着选举日期越来越近,赵六和王五心里都十分清楚:全村有选举权的总共有四十六人,王姓族里二十票,赵姓族里也是二十票,真可谓旗鼓相当,不分胜负。所以,谁要胜出,其实就是靠张老头手里的六张票,没有他家这六票,谁都过不了半数,也就当不成村主任。

话说掌握着这六张生杀大权选票的张老头,今年六十三岁,瘦瘦的脸上嵌着一双细眯眯的蝌蚪眼,眼皮子像打架似的眨个不停。村里人说,张老头眼皮一眨就是一条计策,他在村里经营一爿杂货店,生意挺不错。张老头自己心里也清楚手里这六张选票的分量,所以他算准赵六和王五这两天一定会来找他。

这天傍晚,张老头早早吃完晚饭,对老伴说,再弄点喝酒菜,晚上有贵客来,吩咐完了之后,他就点上支烟,往货柜前的躺椅上一靠,跷着二郎腿,蝌蚪眼直勾勾地看着大门外。

收音机里此时正传出沙哑的歌声:"今天是个好日子呀……"天渐渐暗了下来,果然,赵六幽灵般的从门外闪了进来。

"来来来,喝一盅。"张老头从躺椅上欠起身,他晓得赵六是个酒坛子,便拉着赵六坐在自己对面。

酒过三盅,赵六开口了:"老张伯啊,这次选举村主任,要靠你抬举了啊!"

"那是,那是。"张老头悠悠地点头,他抿一口酒,凭着多年做生意的经验,在心里提醒自己:越俏的货越要耐得住性子,自己嘴巴得咬紧点儿。

可赵六耐不住了,他知道张老头鬼,绝对不会先开价的,便从口袋里摸出一只信封,推到张老头跟前,又抬起右手,朝张老头伸出五个指头晃了晃,说:"五百,怎么样?"

"好说,好说。"张老头含糊地应着,眨巴着蝌蚪眼,可脸上却流露出一丝不快,明显是对这个价不满意。

赵六自然就看出来了,他晓得张老头的滑头,出这个价也是想先探个底,于是又伸出三个指头说:"再加这个数,八百!你发我也发,大家图个吉利,行吗?"说着,他又从口袋里摸出三张一百块,他显然是有备而来的。

"好说,好说。"张老头这时候就把桌上的钱一并塞还给赵六,拉长声音说,"我是看着你长大的,自然就会投你的票——至于这钱嘛,再说了,再说了……"

张老头猜想王五肯定也要来和他"谈生意",就想尽快把赵六送走。他心里明白,只有让他们两个竞争,才会把价格抬上去,他还想看看王五到底能出多少价呢。

果然,张老头刚把赵六送出门,王五就来了,进门就直奔主题:"老张伯啊,我王五从来没有求过你,这回可要你多多关照了。"三十出头的王五在县城开了三年饭馆,这次是在一帮兄弟们的怂恿下,才回来参加竞选的。

"好说,好说。"张老头还是那句圆滑的答腔,蝌蚪眼眯成一条缝,像两条爬在脸庞上的毛毛虫。

"你说个数吧!"王五学着城里款爷的腔调,对张老头说,"这没啥不好意思的。"

"好,年轻人,爽快!"张老头看王五在他面前摆阔,心里不是个滋味,但王五的爽直,让他心里感觉也很爽,既然他要我开价,我就索性一次把价开到位。张老头于是伸出一双蒲扇般的大手,在王五面前有节拍地翻了六次。

好家伙,这不是三千吗?王五心里稍稍震了一下,但立刻就想到:本下得越大,赚头也越大,若是真当上了高速公路副总指挥,那一笔承包业务费的回扣少不了上万。"好,三千就三千!"王五没有杀价,他摸出一沓崭新的钞票,数过后"啪"地甩到张老头面前。

可是此时,张老头心里却有些后悔了:刚才要是出个五千的价,他不也答应了?看来这价还会涨,这钱还不能收,一收就涨不了啦。幸亏刚才没收赵六那八百块,到时候就拿王五这个数去说给赵六听,还怕他不涨?

想到这里,张老头就将眼前这三千块钱推还给了王五,嘴里连声道:"好说,好说!后天就正式选了,咱俩一手交钱、一手交票,我张老伯说话算数。"

"那好,就这么一言为定了!"王五把钱收回去,告辞出门。

送走了王五,张老头兴奋得嘴里直哼哼:"今天是个好日子呀,今天是个好日子……"

老伴指着他的秃脑门直埋怨:"看你,到手的钞票不收,真是个笨蛋!"

"你晓得个屁!头发长,见识短。看明天,嘻嘻,准还要涨!"张老头乐得脸上开了花,他在等着后天六张选票变大钞票的美妙时刻到来。

这一刻终于来了!选举大会定在下午一点钟开,张老头中午喝了半斤土烧酒,然后就向村子中央的礼堂走去。只见礼堂里五六排长条凳上已经坐了一些人,主席台上放着一只大红选票箱。负责选举的两位乡干部招呼张老头去签字领选票,张老头签字的时候激动得浑身直颤,想到这六张选票要值好几千块钱时,他心里"怦怦"直跳。

拿到六张选票之后,张老头就走到礼堂外的空地上,细眯着眼,等着王五和赵六来给他送钞票。可谁知半个小时过去了,张老头捏着选票的手都捏出汗来了,可王五和赵六还没来。

不能再等了,再过半个小时就要正式投票了,张老头于是匆匆向王五家跑去。

谁知王五家大门紧闭,张老头把那扇木板门敲得"咚咚"响,里面还是鸦雀无声。找赵六去,张老头抹了一把额上的汗,掉头就走,边走边想:不行了,就是钱少点也得答应了,时间不等人啊,选举一结束,这些选票就没用了。

　　这时,礼堂外的高音喇叭已经在催促还没有进会场的村民赶快进去了,张老头急得像热锅上的蚂蚁,手里的六张选票都被汗水湿软乎了。

　　终于,他在村口桥头上看见了王五,赶紧跑上去喊道:"王五,选票给你。"

　　谁知王五竟头也不回,说:"不要了,你选赵六去吧!"

　　张老头大吃一惊,眼看就要到手的钱就这样飞了?

　　正在这时,赵六过来了,张老头赶紧讨好地说:"这选票给你!"

　　可是赵六竟也满不在乎地说:"算了,算了,无所谓了。"

　　张老头傻眼了,把手里那六张已经被汗水湿透了的选票递过去,说:"三百块,就三百块吧!"

　　赵六却朝他耸耸肩,冷笑道:"哼,你现在就是倒贴三百块,我也不要了!"

　　"什么?"张老头不解,一双蝌蚪眼从来没有瞪得如此之大。

　　"你看呐——"赵六用手朝溪南岸一指。

　　张老头顺着赵六手指的方向看过去,只见溪南岸的田畈上,一个小青年在插标杆,另一个小青年在挥着小红旗,嘴里还吹着哨子。

　　张老头跑过桥去,问那个挥红旗的小青年:"你们这是干啥?"

　　"高速公路放样啊!"

　　张老头愣住了:"高速公路不是往溪北村过的吗?"

　　"改道了!"那小青年说,"现在改道从溪南岸过了!"

　　"什么?"张老头一下瘫在了田塍上,呆呆地望着手里被汗水湿透了的选票,后悔不迭地叹息着,"亏啊,亏了啊……"

(李士根)

(题图:黄全昌)

油菜花开的时候

　　听说油菜花开的时候，狗容易发疯，也不知这说法是真是假，反正小铁家的黑虎这回是闯下大祸了。

　　黑虎是小铁家的宝贝狗，当初生下来的时候，竹筒似的小脑袋看上去简直就像个老鼠头。村里人都说它长不大，可小铁舍不得扔，天天像捧着宝贝似的伺候它，还把自己平时最喜欢吃的肉丸子都省下来喂它。一个月以后，黑虎果然飙长起来，那虎头虎脑的样子，一身油黑发亮的卷毛，谁见了都喜欢。

　　可就是这么一条讨人喜欢的狗，偏偏就出了事！

　　这天中午，小铁一家正在院子里吃饭，突然黑虎在院门外狂吼起来，几乎是同时，一个声音嚷嚷着："唉呀呀，疼死我啦！"

　　一家人不知道出了什么事，愣住了。小铁爸跳起来，一步奔出院外，一看，原来是村东头的王奶奶，弓着腰，两只手捂着右腿小腿肚直叫唤，黑虎龇牙咧嘴地蹲在一边。小铁爸知道事情不好，二话没说，骑上车就送王奶奶去防疫站，事后又买了补品让王奶奶带回家。

王奶奶是到村西头串门去的，结果门没串成，反倒受了惊吓，还落下了腿伤。小铁爸真是气不打一处来，回家后就气呼呼地提着菜刀要杀黑虎。黑虎瞪着惊恐的眼睛四处逃窜，小铁看它那可怜样，眼泪"哗哗"地就流了下来。

突然，黑虎一步窜到小铁脚边，用爪子抓着小铁的裤管，怎么也不放。小铁忍不住一把抱起黑虎，紧紧搂在怀里，哭着对他爸说："爸，黑虎不懂事，是我没看好它，求你放了它吧，以后它再也不会咬人了！"

小铁爸哪里是真想杀黑虎，好不容易养大的狗，他也很喜欢，可黑虎怎么偏偏就咬了王奶奶呢？

原来小铁爸刚考上中学那一年，和他相依为命的小铁的爷爷就因操劳过度撒手离去，小铁爸整整哭了一夜，第二天就准备扔下学业出去打工，自己挣钱养活自己。就在这个时候，没有一儿半女的王爷爷和王奶奶收留了他，把他当自己孩子待，一直供养他到中学毕业。小铁爸没结婚前，和王爷爷、王奶奶就像一家人，吃在一个锅里，睡在一条炕上，现在，你让小铁爸说什么好？

小铁爸看一眼眼泪汪汪的小铁，看一眼惊恐万状的黑虎，"吧嗒"一声把手里的菜刀扔在了地上。他最后给小铁下了条件："你给我听着，这阵子把黑虎给我拴起来，省得它再闯祸。"

小铁拼命点头。

可是傍晚时分，小铁正在家里看电视，忽然黑虎又在院子里狂吼起来，小铁一个箭步冲出去，一看，是王爷爷来了。

王爷爷朝小铁吼道："你家养狗是干吗的？是养来咬人的吗？你爸呢？这畜生咬我家老太婆不算，现在居然还来咬我？"

小铁爸赶紧从屋里跑出来,狠狠瞪了黑虎一眼,气得脸都歪了。他蹲下身子,轻轻抚着王爷爷右腿上被黑虎咬的伤口,着急地说:"干爹,拖不得,我……我送你去防疫站打疫苗。"

谁知王爷爷脖子一犟,说:"我自个儿能走,不麻烦你啦! 你有时间,还是赶紧把狗给看好吧!"

"那……"小铁爸赶紧回屋拿了二百块钱,硬塞到王爷爷手里,一直送他出了院门。回来后想了想,又跑去村里新开张的小卖部,特地买了两瓶上好的酒,让小铁给王爷爷送去。

小铁爸和小铁妈结婚后,小铁妈老嫌王爷爷邋遢,嫌王奶奶啰唆,硬是逼着小铁爸把原先的老房子翻盖成新房,从王家搬了出来,还不许小铁爸跟王家来往,小铁爸拗不过小铁妈,可心里又觉得愧疚,有时候就自个儿悄悄溜回王家去看看,还带着小铁去过两回。不过时间长了,他对王家的情愫也渐渐淡了,如今老人上门来,居然连狗都不认,把他们双双给咬了,他自己还怎么好意思上门去呢? 他觉得实在无颜面对两个老人,只好让儿子小铁去跑一趟。

王家孤零零地窝在村东头的山脚下,在缭绕着烟雾的傍晚,幽静得有些可怕,小铁提着酒,在院门口恭恭敬敬地叫了声:"王爷爷! 王奶奶!"可是没人应。

看着敞开的院门,小铁犹豫着:是把酒拿进去呢,还是就放在门口,或者再等等? 他怕老人年纪大了耳背,于是就怯怯地走进院子,想去屋里看看,谁料右腿刚跨进屋,突然一个黑影从门后扑过来,小铁撒腿就跑,可是已经来不及了,右腿被咬了一口,针戳般的刺痛。

来福? 是来福!

来福是王爷爷家养了六年的老狗,是个天生的哑子,平时远远地看到人就跑,怎么今天变得这么凶狠了? 看到它脖子上隐隐泛光的铁环,小铁猛地想到:不是都说油菜花开的时候,狗容易发疯吗？看着面目狰狞的来福,小铁害怕得浑身发抖,幸好来福被一根粗粗的铁链锁着,挣脱不得,小铁这才一拐一拐地逃到院子里,他吓得腿都软了,喘着粗气,一屁股就坐到了地上。

这时候,天都快黑了,小铁多么希望王爷爷和王奶奶快回来呀,谁知这一对老人没等来,爸爸却出乎意料地突然出现在了他的面前。原来小铁前脚走,小铁爸越想越觉得自己这些年实在对不起老人,所以后脚也赶来了,不看看老人,他心里放不下。

小铁爸见小铁坐在院子里,奇怪地问:"你怎么坐在这里?你王爷爷、王奶奶不在?"他正问着话儿呢,一眼发现儿子神色不对,再一看,"怎么,被狗咬了?"他着急地蹲下身来。

这时候,从外面传来一阵说话声,渐近渐清:"老头子,我看还是买点老鼠药来把来福给毒了吧,这样拴着挺吓人的,要是再把咱们咬着了,总不能又去赖小铁他爸吧?"不用说,这是王奶奶的声音,可这话却把小铁爸听傻了。

"不能毒啊,老婆子,你想想,今天要不是来福咬着咱俩,小铁他爸哪还会想到给我们买补品?"王爷爷天生的嗓门响,"这不能算赖!唉,谁让我们被来福咬了,又掏不出钱去看医生,念着过去养过他,也只能用这个办法了。只不过,倒是冤枉了他家那条狗……"

小铁爸一听到这里,突然背起小铁就从院子后门悄悄走了出去。一路上,他心里就像打翻了的五味瓶,什么滋味都有。

去防疫站给小铁打了疫苗之后,快走到家门口的时候,小铁爸猛地转头看了一眼小铁,问道:"儿子,如果黑虎被爸打死了,你会……怪爸吗?"

"什么?"小铁大叫一声,从爸爸背上跳下来,冲进院子一看,黑虎正直挺挺地躺在地上,那条带血的铁链死死地套着它……

（蓝　刃）

（**题图**:顾子易）